度光阴的人

我们度过一生

终于成为自己

苏辛——著

江苏凤凰文艺出版社
JIANGSU PHOENIX LITERATURE AND ART PUBLISHING, LTD

谨 将 此 书

献 给 我 的 父 亲 母 亲 和 故 乡

目录

第三章 爱情

第四章 故人

第五章 故土

度过相似的时光，结出不同的果实。

跋：时间广大，

但我们要在

此时此地相爱

爱是可以超越理解的东西，
也是可以超越死亡的东西。

我给你关于生命的诠释，关于自己的理论，
你我的真实而惊人的存在。

我们来到人世，得到的不过是一个使用时间、度过光阴的机会。

把时间的尺度拉长来看，一切都是云烟。

不和梦交易，不被时间、欢乐和逆境触动。

在万事万物之前，
你的心动、犹疑、痛楚、珍惜、爱，才是本质。

时间广大，而我们要在此时此地相爱。

推荐序

愿善爱者在爱中满足，予人玫瑰者恒乐

很奇怪，一想到苏辛，就想先从朋友圈说起。

虽然我也看过她很多动人真诚的文字，和她说过很多话，吃过一些饭，远不止点赞之交，可是，这件事依然要从朋友圈说起。

朋友圈里的都是朋友吗？这听上去像个笑话，要么就是充满嘲讽的绕口令。如果不是朋友，为什么会出现在朋友圈呢？可每个熟谙微信规则的成年人都知道，大多数情况并非如此，朋友圈里一大半倒都是陌生人。在你还根本不了解一个人的时候，倘若对方友善热情地拿出了手机，你无法拒绝，只得扫码相认，互存备注，似乎从此多了一个联系人，一条路径，却也多了一分向全然陌生者展示自己私人生活的风险和可能。

而我和苏辛，正是在这样的场合认识的。

说来那也是一个作家朋友的新书发布会。发布会和作者本人一样有趣，充满了戏剧性张力，主角上场前甚至还笑着喝了一杯酒壮胆。来的人也很多，晚到的人都只能站在后面，像一棵棵挺立的树。而之前有幸找到座位坐下的，此刻就被对比成了温室里安然的蘑菇。而我和苏辛，正是前后排的两朵。然而这两朵蘑菇一开始并没有相认，倒是被第三朵蘑菇发现的：文珍你好，我是某某图书公司的某某，上次我参加过你们的活动，有印象吗？

苏辛猛然回头：你是文珍？我是苏辛，看过你的小说。

苏辛的名字我其实也是听过的，知道她作为编辑策划过好些畅销书，非常敬业，同时文章写得也很好，是豆瓣红人。但作为一个非畅销书作家，陡然在书店被人指认出来，总是既窘迫又有点高兴：嗯，好像见过的。

那个姑娘自我介绍后打开微信加了我，苏辛也随即拿出了手机。坐得那么近，而且还在正进行的活动中，我没好意思拒绝。

成为豆瓣友邻是那之前还是之后，我不太确定。但至少可以确定的是，我是见到她本人之后才正式与其结交的，却因为“扫一扫”这个简单的动作，真正打开了通往彼此世界的大门。之所以一定要连篇累牍地说这样一次看似寻常的相遇，是因为后来发生了一件不那么寻常的事：

我竟然因为这个几乎完全陌生的姑娘的朋友圈，喜欢上了她。

而且并不是偶一为之，她发朋友圈的频率既高且密，最多的时候甚至日更六条。然而我却完全不反感，多数时候还觉得很有趣。

我到底在她的朋友圈里看到了什么？大多数都是原创，很少转发，没有义愤填膺的附议，没有自作聪明的负能量宣泄和指桑骂槐，能看到的，就是一个有趣不失纯朴的灵魂，活泼泼地在分享的那些日常里浮现出来。有时候她会发很美的图——有一次我好像还顺手保存了一张鲸鱼的图片；有时候会发可爱的自拍；有时候她会发一两句评论，和时事有关，看到的人也都能明白什么意思；有时候某个雨夜或晴夜，她也会突然贴出一首自己的诗来。

就在刚才我还专门打开她的朋友圈想找一下她以前的诗，才发现已经看不到了。她不知从何时开始，也和那些人一样设置了三天可见——但是，我们毕竟看过彼此深夜里写的诗——是的，这有点傻气的举动竟和我一样。那么，就像我在某篇小说里写过的，“那么他欣赏她也是一种自恋了？”

倘若不做诛心之论，至少可以承认，在某种程度上，我的确看到了和自己十分相似的灵魂。对生活充满热情，骨子里就忍不住要喜欢人；即便是不太上得了台面的自拍，也不惮贴出来供大家一哂；内心却也非常敏感，也许对朋友太好，因此格外容易伤心。就连这伤心，都会毫不掩饰地展示给人看。——换言之，我很少在朋友圈看到这样愿意向所有人袒露无遗的灵魂。和我一样，有点“二”，甚至比我更不设防，更坦率。

和社交平台上这些点点滴滴的日常分享比起来，苏辛的长文章我看得倒是少些，因为她也不怎么把自己的文章发到朋友圈——这反倒让我觉得自己长时间不分享什么状态只转发自己的文章，与她相比显得高冷了。是的，我们的外在看上去如此不同，但是不知道为什么，我觉得她在朋友圈里那种随心所欲的袒露，特别动人，特别美好，也特别让我羡慕。我总是忍不住给她点赞。

点赞多到了一定程度，一年多之后我们才开始真正说起话来。

记得是我先找的她，问她出版方面的一点意见。我知道她是能干的出版人，也莫名地相信她会知无不言，言无不尽。后来在那件事上，她果然帮了我很大的忙，也很高兴我愿意向她求助。我在朋友圈里看到的没错，苏辛的确是少见的热情友善的聪明人。而且，真的不防人。

说到这里，终于可以说到这本《度光阴的人》。

开启聊天模式后，我就不必再偷看她的朋友圈来了解她，随时随地都可以分享一些美好的事物，比如一张图或者一点感想，关系变得更亲密自然。聊天过程中，我总是惊异于她的理解力和包容心，更感动于她的真诚善良，喜欢的同时，也会好奇这样的她是如何成长的。此前只约莫知道她是河南许昌人，有时候会和我说一两句家累太重，紧接着就轻快地换了话题，向我展示的永远是游刃有余好整以暇的一面——这当然是她的体贴，从不愿意给人造成任何负担，包括情绪上的困扰。而今看完这本《度光阴的人》，我才终于知道她出生在怎样一个动荡混乱却也并不缺乏爱的家庭，她曾在怎样一个民风淳朴风光优美的村庄里长大，幼年时见过怎样的时令，玩过怎样的游戏，交过怎样的朋友，又暗恋过怎样的男孩……

她笔下的一切如此真实，就像她那些让人喜欢的朋友圈状态突然集中展现在了我面前，同时，又勇敢地袒露了更多前传，让人清楚地看到一个可爱的灵魂是如何成其今之所是，了解其所爱，其所惧，其所纠结，其创业之余坚持写作的辛苦。读完的一刻，我想起了《十八春》里慕瑾见曼桢跳上桌子换灯泡的那幕：

> 在黑暗到来前的一刹那，慕瑾正注意到曼桢的脚踝，他正站在桌子旁边，实在没法子不看见。她的脚踝是那样纤细而又坚强的，正如她的为人。这两天她母亲常常跟慕瑾谈家常，慕瑾知道他们一家七口人现在全靠着曼桢，她能够若无其事的，一点也没有怨意，他觉得真难得。他发现她的志趣跟一般人也两样。她真是充满了朝气的。

而苏辛给我的感觉亦如是。只是，除了朝气蓬勃和鲜少阴霾之外，她还有一种特别的温婉和包容。敏感者多易沉郁，而她却能以仁厚之心克化这颓丧，在更多的时候依然展现出对世界落落大方的爱意，而无视那些先天的不公不义，这不能不说是有赖于一颗高贵的灵魂；而这善与教养的来源，看完《度光阴的人》我才终于知道：就在她父亲的傲气和不甘中；在她母亲的能干和渴望里；在故乡那些朴素而诱人的吃食背后；也在从小到大的自爱自矜和奋斗不息之间。我更看到了强大的爱欲本身：不完全是亲情之爱，更不仅是男女之爱，这生之爱欲于一个好的写作者来说，几乎是一种过分强悍的本能。

> 直到三十岁，我都不能跟别人谈起父母的身世，谈起他们的祖辈和他们经历的一切，只要谈话时间超过五分钟，我就会哭。太悲伤了。他们的一生浸满了无常、疾病、贫穷、暴力，就像一直穿着浸透了冰冷海水的衣服。晒不干，熨不平。我虽然是他们的孩子，却常常想向时空里尚幼小的他们伸出双臂，拥抱他们，为他们擦去肮脏小脸上的泪水，给他们食物、糖果、新衣，告诉他们，这世上有人爱他们，很爱很爱的那种。
>
> ……
>
> 总有一天，我们会像那些消失了的亲友一样，会像一场大梦一样，消失于广阔无边的时间之中。
>
> 那时，或许跟今天一样，我们依旧不知道生命自何而来，向何而去，不知道这一场复杂又简单的梦的表演，究竟有何意义。但，就在此时此地，我们要彼此相爱。
>
> 爱是可以超越理解的东西，也是可以超越死亡的东西。

一生所求，说是要避开情绪，但最终会发现，在万事万物之前，你的心动、犹疑、痛楚、珍惜、爱，才是本质。而其中唯有爱能令人幸福。

如此敏感，如此善良，如此自以为强大地渴望承担一切，抚慰一切。这样的人生必定是很累的；幸好苏辛有足够充沛的天赋，竟勉力支撑起这一切；也幸好她活得足够智慧通透，终于在这薄情的世间深情而身心健康地活下来。我看的时候也在想：如果苏辛不写作，那么她会做什么呢？

我想，以她的坚韧和聪明，体察人意与和善，大概做什么结果都不会太差。但是，我仍然要替所有看到这本书的读者感到幸运。这里面有一个真正美丽的灵魂，字里行间毫无遮挡地袒露在你们面前，正如同博尔赫斯笔下那朵最美的黄玫瑰：

> 我给你我设法保全的我自己的核心——不营字造句，不和梦交易，不被时间、欢乐和逆境触动的核心。
>
> 我给你关于你生命的诠释，关于你自己的理论，你的真实而惊人的存在。
>
> 我给你我的寂寞、我的黑暗、我心的饥渴；我试图用困惑、危险、失败来打动你。

也许只除了最后一句。苏辛或者并不真正想打动除了自己之外的谁。她只是太害怕自己忘记，所以才会记下母亲爱吃的食物，父亲辛苦的生平，初恋的一封封书信……并努力把这一切浩荡如梦的人生书写下来，随人们爱看不看，她只是沉静地说：

时间广大，但我们要在此时此地相爱。

也许还可以借纪伯伦的名言说一句吧：愿善爱者在爱中满足了。

也希望苏辛在未来的日子，依旧平和，康健，喜乐，满足。虽然这祝愿对任何一个凡人来说都很难实现，但予人玫瑰者，理所应当更快乐。

文珍

自 序

度光阴的人

二〇一六年，我辞了职，在国内走走看看，去了浙江、江苏、云南等八个省市，看了二十来个城市。当然，有更多的时间，我就待在家乡河南中部的一个小村子里，待在父母身边。

只在一个环境里活着，渐渐就会耳目闭塞，难以评估自身和周边的一切，会以为坏的事物格外坏，好的事物格外好；只看见自身的命运也会如此：加诸自身的悲喜会过于沉重，终至将人压倒。

日本设计师山本耀司曾说，“自己”这个东西是看不见的，撞上一些别的什么，反弹回来，才会了解“自己”。与很强的东西、可怕的东西、水准很高的东西相碰撞，才知道自己是什么，这才是“自我”。

对人是如此，对一个地方，何尝不是如此呢？

在江浙一带，我见过了初春层层叠叠的绿色，无穷无尽的水意，旧江南富贵清雅之地在时空中留下的余波以及如今仍在绵延的富庶繁华。

在闽广一带，吃到了看似平常却滋味清艳的饭食，也在西汉南越王博物馆看到了两千多年前汉朝文明对岭南人的浸染。

在云贵川一带，我以身体感知了彼处距离中原腹地的遥远，穿越蜀道进入陕西的艰难，也终于亲自在连绵不绝的群山间穿行，看见翡翠般的金沙江在三折两绕之后变为浑黄。

相对于江浙，故乡的现状是太平庸了；相对于云贵川，故乡的景色是太平凡了。

而于这样的平庸与平凡里，我慢慢在懂得它。

我曾长久地陷于自身和家族的命运之中。

以孤儿身份长大的父亲，在赤贫家庭中身为第三女的母亲，三十多岁被绑架撕票的祖父，因病早逝的祖母……对孩子而言，家庭是光源，光越强烈，阴影就越重；长辈们是人生最初的坐标，靠他们，我们标示出自己最初的位置。

家族、个人与时代的交互作用，一度成为难解之谜，我解得艰难，又沉迷其中。

直到我将自身拔出，平视他们。

平视他们，发现他们与我一样，都是独立的个体。他们沉默，痛苦，恐惧，欢喜，挣扎，争夺，犯错，成功，失败，退场，也不过是跟我们一样，要完成属于自己的一生，成为一个度光阴的人。

成为一个度光阴的人。

我们生存于世间，常常误以为物质是立身之本，却忘记了，光阴，才是自己唯一拥有的东西。我们来到人世，得到的不过是一个使用时间、度过光阴的机会。用完了一生，我们才成为一个完整的人。

在这一点上，所有人都是平等的。

也是在这个层面上，我理解了父母、家族和故乡，理解了我何以成为现在的我，并再一次爱上了这一切。

感谢本书的策划刘平女士，没有她的信任和热情，这本书不会以这样的方式呈现；感谢为我写序的文珍女士，为我写推荐语的李修文先生，来自专业作家的认可弥足珍贵；感谢出版发行本书的时代华语和江苏凤凰文艺出版社；感谢诗人万夏，最终的书名来自他的著名诗作《度光阴的人》，他的才华和专业，令我获益良多。

第一章 家族

一个人，
是家族结出的一颗小小果实。

没有一个人是完全独立地生存于世界上。人首先是社会的人，被植根于一个世代，之后是一个时代，一个国家，一个民族，一个家族，然后是一个家庭，最后，才是自己。

而我们认识到这一点的次序，却是相反的。婴幼儿觉得自己无限大，是世界的中心。世界因我而存在。功在我，过亦在我。父母幸福因我，不幸亦因我。一点点长大，才发现不是如此，世界不围着自己转，自己做不到的事太多。

不能飞。梦里飞来飞去，醒后身体却滞重无比，慢慢也就接受了。

不能变。不能像孙悟空七十二变，不能呼来风唤来雨，亦不能无中生有，幻外生真。

不能为这个小小的家庭负责。父母的幸福，不完全由自己决定。相反，自己才是这小小家庭的一颗小果实。或者说，是家族之河上的一条小小支流，顺着上游的态势蜿蜒而下。

细细探究此生的来处，最根本处竟然是奇点的一次爆炸。宇宙诞生，地球出现，有机物出现，生命出现，人类出现，家族的第一个祖先出现。他们觅食，织布，做官，避难，逃荒，富有，败落……人类史上那么多次天灾人祸，他们居然都神奇地熬了过去，然后，才有了你。

想明白了这层，突然就放过了自己，对命运释怀：你穿越无穷岁月来到人间，生命本身就是最大的奇迹，而非那些为了活着而必须去攫取的东西——财富、地位、名声……把时间的尺度拉长来看，一切都是云烟，一切都是过客，唯有生命本身，值得敬畏，值得珍惜。

普通生活

每次想到父亲，鼻端先浮起一阵属于他的气味：常年与木材打交道,他身上有一股强烈的木料气息,夹杂着浓烈的烟草味,还有一股特有的脑油气——可能因为木料与烟草的味道足以中和这种男人味儿，这混合的气息并不难闻，反而带来一种难言的安心。

自我七岁起，父亲就盘下了街上的一处房子，做木材来料加工的生意。这工作依旧是木匠行中的一种，只是常年与电锯打交道，乡下人都说这叫“玩锯”。像把田地叫作“地里”一样，他的工作场地被我们叫作“锯上”。锯上有电锯、推车、各种工具，以及一些客户寄存的木料，晚上需要看铺，于是备了床、柜和一些生活用品。童年的很多时刻，我就枕着父亲的气息，在他的床上滚来滚去看小说。而父亲自顾做他的事：发锯条、看书、下棋，或者在树木和电锯共同产生的巨大嘶鸣声中，将一根根木料分解为大大小小的板材。

那时的父亲，正在走向他一生中的黄金时代。家里的新房刚盖好没几年，妻子生了一女一儿，凑齐了一个“好”字。因为女儿和儿子晚上总跑去邻居家看电视，他索性买了一台日本原装进口彩电——那是村里第二台彩电。另外一台是更有钱的胡姓人家买的。于是，每到下午四五点，邻居们就带着席子、凳子来家里占位，晚饭时院子里塞满了人，宛如一个小型电影院。其时，乡里正轰轰烈烈地鼓励村里上报“万元户”去领奖，村支书找到他，他想了一夜，婉拒了。

婉拒的原因说起来简单，无非是中国人都懂的处世箴言“财不露白”——我们这个家族，扎扎实实为这四个字付出过代价。

几十年前，太爷爷靠卖粉汤、烧饼起家，置买了八十多亩良田。可惜当时正是乱世，华中平原上多股土匪横行。只因为不慎被人知晓了真正的家底，在我父亲满一周岁的晚上，我爷爷被村人勾结土匪绑票而去，家产花光也没赎回人来。四年后，我奶奶病逝，父亲和姑姑只能跟着太爷爷生活。之后，比父亲大七八岁的姑姑嫁了人，太爷爷也去世了，十二岁的父亲便退了学，跟着村里大人一起去西乡拉煤过活。这么算来，传说中太爷爷挎着竹篮进城去看二儿子，在集市上被熟人开玩笑地拉开盖篮子的手巾，发现里面装满了钱的那天，正是父亲一生坎坷的开端。

三十多年过去了，无父无母的父亲并未变成一个野孩子，反而成了十里八乡备受尊敬的手艺人，也是我们整个家族事实上的管事人。他熟稔红白喜事的流程与规矩，亦因行事方正，说话做事都有人愿意听，非但自己家族的婚丧嫁娶要他出面，其他人家也有找他主持大事的。高而瘦削的他，经常出现在各种宴席和酒友们的夜晚聚会上。过了晚上十点还不回家，母亲便出门去找他，这让爱面子的他脸上挂不住，颇闹过一些不愉快。很多年后父亲谈起这件事，脸上挂着一点惊奇和好笑："真是神了！不管在哪儿喝酒，你妈总是能找到！也不知道她是咋知道的！"

然而母亲对于父亲喝酒的事，没有一点约束力。那是"场面人"的战场，男人们为之所苦却又甘之如饴。于是每年总有那么几次，父亲会喝得大醉，醉后亦无他事，只是指天画地，提着自己的名字剖白："我这一生，无愧于天地！"犹记得有一次，他醉得走不了路，被母亲用架子车拉回家后，在客厅吐了一地血红色的呕吐物。我一边听他喃喃"我无愧于天，无愧于地"，一边暗暗担心他会不会死。

我十二岁上了初中。开学前父亲就主动跟我说，他每周会给我五块钱的生活费——一笔巨款，毕竟，当时一碗胡辣汤才两三角钱。他其实并未严格照这个标准执行，只是隔一段时间问问我是不是没钱了，如果我回答没有，他就给我十五到二十块钱。可是我宁愿为了一块钱去跟母亲磨一天，也不愿意告诉他我没钱了。如果一定要追究原因，大概是因为我八九岁之后，他越来越严肃，对我的要求也越来越高，让我觉得紧张吧。

我记忆中父亲的形象至少变化了三次：在我八岁之前，他是会跟母亲、我和弟弟打牌，给我和弟弟讲“神农尝百草”故事的慈父；八岁到二十岁，他是在家中沉默如冰、我考了年级第三却说我“不考年级第一就不要给我看”、母亲絮叨太多时会突然暴怒摔了饭碗的暴君；二十岁之后，他逐渐成为与我互相支撑、互相理解的盟友。

我的初中时代，正是父亲的暴君时代，也是我们家经济的鼎盛时代。他筹划着盖一所新房子，地址选在位置最好的乡道旁。虽然盖的是平房，打的却是足以承载三层楼的地基。这样将来一楼可以做生意，接上二楼三楼来住。房顶选了说是冬暖夏凉的昂贵的珍珠岩，外墙全部贴上了淡黄色的瓷砖。这房子在当时十分惹眼，村里人人都知道，父亲好本事。

可是，房子还没盖好，母亲先疯了。是真正意义上的疯了——她得了精神分裂症。

在父母的婚姻中，我真切地看到了两个不能互相理解的人是如何互相摧毁对方的。婚姻中没有输赢，因为它本就是阳中有阴、阴中有阳的太极鱼，在旋转变化中实现着微妙的平衡与和谐。一旦失去了平衡，阳刚的强者固然可以令弱者活得逼仄，弱者亦可用自毁将强者置于死地。

父亲像是婚姻中的绝对强者，他掌握着家里的经济来源和绝对话语权——母亲确实不具备管理财务的能力，但又多心敏感，常将小事发酵成大事。久而久之，父亲便尽量不再让她参与大事。然而家里的事没有能瞒得住的，母亲最终还是会发现，“原来我是外人，你跟我并不是一条心”的感觉油然而生，伤心欲绝，再找父亲大闹一场，渐渐形成恶性循环。母亲性格敏感倔强，亦是个强硬之人，她的意志与情感反复被压制，最后终于崩盘。

母亲的病症主要表现为幻视幻听，总看见妖魔鬼怪，嚷嚷有人要害她。同时疑心所有女人都对我父亲有意，不停唾骂眼前出现的每一个女性。不时又冲出家门，坐车到不知什么地方去，两三天后再回家来。

这病说是难以根治，但按期打针，也能控制住。过不了多长时间，却又复发。半年好，半年坏，反反复复，折腾了十六年。

后院失火，起初影响的不过是家务。七八年后，终于一举摧毁了父亲的事业。

当时我已上了高三，在城里寄宿，三周回家一次，意外地发现父亲竟然不再去锯上了。这才知道，母亲去把房东骂了一顿，说她勾引我父亲，房东当时就气晕在地。第二天，父亲就把电锯转给了一直跟着自己干活的弟弟和师弟，不干了。

转手不干，一了百了——这确实是我父亲会干出来的事儿。他决绝，坚定，充满“我对得起任何人”的傲气，还有一种隐隐的自信：我为妻子做的事付出代价，斩草除根永绝后患。同时，我也相信即使不在这里做，我依然能赚到钱。靠着这种傲气和自信，父亲戴着“富农后代”的帽子，以二十五岁的“高龄”开始跟着村里的木匠师傅学艺，一年多后就可以给屋子上大梁，成了“首徒”；也是靠着这种傲气和自信，第一次跟人合伙做生意被拆伙后，他不信邪，偏要自己单干，又是一年多时间，成为方圆一二十里生意最好的“玩锯的”；还是因为这种傲气和自信，他相信自己要做的事必然都能做成，包括这次。

他只是忘记了，这次做出这个决定的自己，已经五十四岁了。五十四岁的他，已经不能独自扛起一根木头。离开他雇佣的伙计，他已经很难单独完成工作。

我是父亲的女儿，从生物学意义到精神意义上，都是。我拥有跟他一样的傲气与自信。在我们成为朋友后，我向他检讨自身的骄傲，他却为之欣慰——说，这才是我的女儿。做人，应该有这种傲气和傲骨。

如今活到了人生的中段，我才渐渐明白，我和父亲的傲气，来自人生的俭薄。人到世间一遭，践行自身的命运，同时与命运交手。而父亲与我拥有的东西太少，不可依恃，于是一味将希望放在自身的力量上，随时准备迎接命运的致命一击。却不知道，命运出招有虚有实，有时不需硬碰硬，只需闪开一下，让它过去。

傲气的人，不是不懂“过刚易折”的道理，只是坚硬的质地注定拗不出柔软的身段。非要是百炼钢，才能做绕指柔。

所以，熬炼来了。即使在看似鲜花着锦、烈火烹油的阶段，父亲也未能为家庭攒下多少积蓄——盖了两次房子，供两个孩子上学，妻子经年生病吃药……维持一个家庭的体面生活需要很多钱。为了哥们儿义气也为了资金储蓄，他借出了一些钱给朋友，电锯停业后，我家财务状况一落千丈，这些钱花了很长时间也没有完全要回来，只是以各种物品抵扣的方式，一点点地抵消了。

父亲开始过上“一年收入抵不上过去两个月”的生活，慢慢又开始半年半年地失业。他辗转去邻乡一些电锯点打工，每月收入几百一千，也不能保证月月都有活儿干。而我已经上了大学，学费和生活费多半是东拼西凑借来的。这时候的母亲，也还在时而清醒时而疯狂的病中。照顾母亲与外出上班不能兼顾。钱，远远不够用。

贫穷与疾病，单独一样都可以令人发疯。贫穷阻断选择，令你短视；疾病耗空一切，从物质到精神。它们结伴而行，则足以令人绝望。而这一次，命运微笑着伸出了这两只宽大的灰色之翼，罩住父亲很多年。

毕业四年后，我终于鼓足勇气到了北京，进入了心心念念的出版业，在这个自己热爱的行业里，渐渐找到了位置，收入逐渐增加，终于还清了家里的债务。二〇〇九年，徘徊于绝境中多年的父亲，做了最后一次搏击——再一次为母亲注射了针剂。他说，没有效果的话，他就带上母亲一起去寻求最后的解脱。

而这次，母亲霍然而愈。这简直是个奇迹，却又像是命运开的一个恶劣玩笑。它似乎正在撤回那两只翅膀，却还要留下一丝阴影——二〇一一年，父亲因高烧休克，确诊得了肺气肿。重体力劳动，粉尘工作环境，重度烟草爱好者，这些叠加在一起，造就一个肺病患者似乎是顺理成章的事。但村里的同行就没有这个问题。疾病选择一个人，也并没有必然的道理好讲。不过是，摊上了。

二〇一六年秋天，我在旅途中得了支气管炎。从广州到贵阳，再到昆明、大理、丽江、泸沽湖，差不多两个月的时间，只要稍微接触一点凉气，就开始咳嗽不止。自此才体会到肺是一种多么娇嫩的器官，它对气温又是多么敏感——皮肤还并不觉得多凉的时候，它已经咳得声嘶力竭了。就在那段时间，我感受到了父亲的痛苦的百分之一。

年底回家过春节，我睡在跟父母卧室只有一门之隔的小屋里。深夜十一二点，父亲可能睡着了。人入睡了的呼吸和醒着时完全不同。他沉重的、撕扯着的，似乎随时都会窒息的呼吸声，透过门上的小窗，传进我心里来。

父亲确诊得了肺气肿之后，我和弟弟断断续续开始劝他戒烟。他一开始其实是考虑过的，也允许我给他买电子烟，想要试着替代一下。但长久的时间慢慢过去，他逐渐开始转到另外一个立场上：抽烟已是余生唯一的乐趣，如果放弃，不如去死。

此言一出，子女束手。我和弟弟自此不再跟他提起此事，只有见他抽得太多时，偶尔说一句：稍微少抽两根吧。

父亲说，抽烟是习惯。人无事可做，手会不由自主摸到烟上去。父亲又说，抽烟是现在生活中的唯一乐趣，如果连烟都不能再抽，活着也没啥意思。

可我觉得，也许他没意识到，抽烟也是他的武器，是他对命运的又一次反抗。他一生不服气，不信邪，不愿轻易低头。偏偏肺病来了，就要他放弃嗜好，低头顺从？他办不到。余生他可能没有其他的事可以做，不再能有更多成就，那就不要向脆弱的肺投降好了。我猜，是有这样的成分在的。

海明威写《老人与海》，在我看来像是某些人一生的隐喻。他们来了，他们做过一些事了，他们曾将大鱼捆在船头上，却又被鲨鱼一口一口撕下肉去，最后他们抵达海岸，船上只剩大鱼的骨架。

我们能不能说他们双手空空，一无所有？海明威的老人其实还算是幸运的。他到底曾捕上过大鱼。而那些不幸运的人呢？如果他们一网一网落下去，拉上来的都是小鱼甚或海草，当他们回到人生的岸边，是否应该承认自己的失败？

我们很可能不是那位带着大鱼骨架回到岸边的老人，而是那些仅仅捞上了小鱼或海草的人。

我的父亲，在这个世界的极小范围内，卑微过、成功过、失意过。命运一再向他出手，支持他摇摇晃晃永不倒下的，无非是那点傲气和不甘心——我自己的人生，到底还是要有点我自己的自由意志。与命运开战也好，不尽力治病也好，我总要去实现一点属于自己的欲望，哪怕要赔上性命。

在晚年，父亲也过上了普通的老年人生活：不再劳作，靠子女供养，与疾病共存。

他心平气和。

母亲：爱你，是我唯一的道路

近十年来，我有两个时刻觉得最幸福，一次是从二〇一五年至今，我终于彻底爱上自己，于是获得了深层次的自由和平静；另外一次，是二〇〇九年，母亲从极远的远方归来，重新回到我们身边，这个家终于再度回归完整。

所谓极远的远方，并不是说母亲的肉体曾经去过天涯海角，而是说她的精神，在长达十六年的时光中，都在另外一个世界中徘徊、流浪、奔突、颤抖。那个世界里到处都是神迹，到处都是恶魔，到处都是居心叵测的歹徒，到处都是觊觎她丈夫的女人。她看得见屋檐下有古魔巨蛇爬行，听得到上帝对她说话，感觉到有人击打她的头部，跟随直觉离开家去几十公里外的野地徘徊，叱骂那些不怀好意的人——除了她的子女、丈夫之外的任何人。

也因此，她逐渐失去了他人的耐心和同情，亲戚们渐渐避开她，朋友原来就不多，后来就更谈不上了。不只是她，我们整个家庭，也渐渐从原来庙会时要准备三四桌宴席接待几十位客人，变得门庭冷落。

外婆生了七个孩子，母亲排行老四。上有哥哥姐姐，下有弟弟妹妹。她肯定不是最受宠的那个。我从未见过外公，对他的了解全部来自母亲的叙述。母亲说，外公年轻时卖过牛肉，那时候家里条件不错，有时候跟外婆吵了架，他会发狠把刚煮好的牛肉抛到河里；母亲说，外公后来得了肺结核，全家就他自己吃小灶，孩子偷吃，他会打掉他们的筷子；母亲说，大舅有一次惹到了外公，外公把他吊在房梁上抽打；母亲说，四姨机灵，每次挨打都会跑掉，自己笨而倔，挨打时偏要站直了一声不吭，外公气她“一脖子犟筋”，就打得更狠了。

母亲对外公最温情的回忆，是有一次外公已经拿起了棍子要抽她，而她突然福至心灵撒腿就跑，外公反而扔掉棍子哈哈大笑：“这闺女，这次不傻了！”

母亲说自己不是个聪明人，只是记性还不错。她读到小学三年级，一二年级考试常是双百分。四十岁她还记得自己二年级考试时写错的一个字，还写得出当时认下的字，甚至因为要抄写基督教的灵歌，又多认识了几百个字。读完三年级，家里没钱再供她，她就退了学。十七岁，外公在赌桌上把她输给了一个男人。嫁过去几年，母亲生了一个儿子一个女儿。男人总是打她，“有一次用铁锹砍到背上，流的血把棉袄都浸湿了”。母亲最后狠了心，费尽周折离了婚，嫁给了我父亲。

从七岁起，我就想不通，父亲和母亲都是好人，为什么过得不开心？

热气蒸腾的秋日傍晚，全家人坐在新收回来的玉米棒子堆边剥玉米粒。记不得为什么，父亲和母亲就吵起来，甚而动了手。

当年还没有空调的夏夜，吊扇在客厅呼呼转动，水泥地上是一层塑料膜、一层被子、一层竹席铺出来的地铺。那夜我们都睡在床上，父亲深夜应酬完回来倒在地铺上，因为醉酒难受而发出阵阵呻吟。母亲问他是不是不舒服，需不需要喝点水。他答了两声便嫌母亲聒噪，勃然大怒。

村中央有一条村级公路，父亲就在公路旁赁下了人家的一间房子，装了一盘电锯，做木材来料加工生意，晚上也住在那里。早晨时母亲给他送荷包蛋，一碗窝着四五个，因为嫌浪费，父亲大怒拒吃。母亲把冷掉的荷包蛋原样端回，只说父亲性情古怪，我在旁边，心里堵到发寒。

也就是七岁那年，母亲差点诱使我杀了她。

她跟父亲吵了架，中午带我午睡。没一会儿说睡不着，给我五角钱让我替她买安眠药。那时候安眠药一分钱一粒，五角钱可买五十粒。她要我全部买了给她。路上我遇见堂妹，她跟我一起回家，说安眠药吃一粒就够了。母亲一仰脖把药片吃完，打发妹妹回了家，又抱我午睡。不过十分钟，她说还是睡不着，让我再去买五十粒。这次我攥着钱在路边犹豫，遇见了父亲的师弟。于是，当天晚上母亲在乡卫生所洗胃，我坐在婶婶伯母之间，垂着头被她们戳着额角说“傻”。

七岁的我，不懂安眠药可以吃死人，也不懂母亲的绝望。

据说母亲年轻时是个苗条的美人。但我记事时，她已经发福，身体也不是很好。她常年痛经，例假时无论寒暑都要抱上一个热水袋。我十岁之前她一直偏头痛，又不好好看医生，不知从哪里找来的偏方，熬石膏水喝，吃枸杞子。我十岁那年，她突然开始流鼻血。不是那种常见的秋冬干燥季节意思意思的流法，是一旦滴下第一滴血就流个不息的那种流法。为了治疗，那一年，她跑遍了周边县市。最后，是用激光烧灼封闭了毛细血管治愈的。

就是在这一年治病的过程中，母亲开始接触基督教，并最终受洗成为信徒。

母亲说，她从小就相信世界上是有真神的。幼年时代，她还不知道祷告是何物的时候，在后院里仰望星空，她就想：“如果世界上有一个神就好了。”信基督教之前，她相信的是中国传统的那些神道。弟弟十二岁前，身体一直有点弱，为了保证他健康长大，母亲曾让他认下碾场上的石磙做“干大（干爹）”，为此还专门在石磙边放了一串鞭炮。而一旦信了基督教，耶和华和耶稣基督便成为她唯一的信仰，过去的那些事儿再也不用提起了。

母亲信基督教，信得虔诚。她原本最爱吃猪血，因基督教不许，她便戒了，至今再未尝过；原先家里奉行的风俗也基本全部废除，祖父母忌辰的黄表纸和刀头肉都免了，外公外婆收到的祭礼也都是一通祷告。星期天的一大早，她还会提溜着我和弟弟的耳朵把我们叫醒跟她一起去教堂，走聚会。于是年少时代，我经常会下意识地哼唱起一首灵歌来，至今也还能一字不差地背诵主祷文。

我初二那年，母亲的精神崩溃了。

一开始的症状并不十分明显，她只是不再做饭了。每天中午放学回家，只有冷锅冷灶，我和弟弟就随便抓点冷食啃着去学校。而母亲坐在床上，抓着父亲的手絮絮说话，不让他去上工。直到后来，她说的话越来越离谱，家人才发现不对。

当时的措施，是给她打针。具体用的什么药，我到现在也不知道。打完针的母亲在一周到十天内表情木讷，反应迟钝，之后慢慢好起来，可以正常生活。但过上半年一年，就再复发一次。中间有相当一段时间，她都很稳定，我们以为她好了，直到一九九六年元旦那天，我骑车从狼冲岗上下来摔伤了腿骨，被父亲送到姑姑村里的骨科医生那儿打石膏，她守了我一夜，第二天回家就犯了病。

她的病被确诊为精神分裂症。

我不相信《天才在左，疯子在右》那样的神话。精神病患者如果都是书里那样的人物，精神病院就不再是医院，可以成为民间科学研究院了。不是那样的。多数精神病患者游荡在无边的孤独和恐惧之中，而我们只看见他们的疯狂，看不到他们的勇敢——他们在疯狂中抵抗的，是可怕的魔鬼，是巨大的蟒蛇，是不可抵挡的恐惧——也是直到今天写这篇文章，我才想到母亲的勇敢。那孤独游荡、露宿田野的夜晚，我竟没有陪在她身边，而陪在她身边的时候，我竟也不能进入她的世界，去为她屠龙！

这十六年中，我和弟弟相继离家，一开始是求学，后来是工作。父亲留在家里，断断续续工作过几年，却再也没有赚到钱。他少年和青年时吃的是大苦，挖水渠、盖房子、做木匠、开电锯，全是重体力活。他又习惯透支身体，不按时吃饭，吃得也不多。失去工作后，他的身体也很快垮下去。重粉尘污染加常年烟瘾向他讨债，慢阻肺、肺气肿相继而来，二〇〇七年左右，父亲基本丧失了劳动能力。

二〇〇八年初，我离开待了四年却一无所获的郑州，到了北京，进入心仪已久的出版业。刚入行薪资不高，住在公司附近的平房里，每天加班，却因为得偿所愿而欢喜非常。只是在念及家里的债务和父母的身体时，依然有着挥之不去的绝望：到底要到什么时候，我才能让他们依靠？

二〇〇九年，父亲跟我讲，他撑不下去了。他说，他想了想，活着毫无乐趣，不如找个地方投河算了。我只能听着痛哭，甚至无法劝他。何止是他，连我都有过几次“干脆全家一起喝毒药死了吧”的念头。我甚至明白，支撑父亲和我的，就是那份骄傲和不甘。凭什么我们要被命运击败？如果我自认有才华，有风骨，凭什么我不是在命运的对面微笑，而是丢下性命落荒而逃？我相信父亲也是如此。在内心深处，他既不承认他的失败，更不愿承认我也会失败。

最后他说，这样吧，我再去医院给你母亲配一次药打一针。如果这次她好了，我们就接着活下去。如果好不了，我可真要去找一条河了。

于是，我们东关医院一剂五块钱的针剂，救回了我的母亲，还有我的父亲。

二〇〇九年，我又一次听见母亲逻辑清晰地跟我讲话。我知道，这个世界，已经好到不能更好了。

没有生病之前的母亲非常能干，天性快活。她一晚上能做好一件棉袄。我小学三年级之前的裙子都是妈妈亲手做的，上面还要绣上花。我还穿过妈妈做的绣花鞋。她会跟家禽家畜说话，喂猪时还要笑骂我家的猪猡一番。夏日晚上在屋顶乘凉睡觉，她会唱小时候学过的歌给我们听。“天上布满星，月牙亮晶晶……”“我是一个兵，来自老百姓……”歌喉算不上特别甜美，但是绝不走调。白天下地和妯娌们一起干活，她会开各种玩笑：“喂，孙焕芝（我小婶），咱俩比赛看谁先锄完这垄菜。谁要是锄得晚，谁就得改姓十八子。”“好呀，”我婶婶三下两下锄完了菜，站在地头开心地对我妈喊，“哈哈，你可姓个十八子吧！”妈妈比她笑得还欢：“我本来就姓十八子（李）啊！”她做的饭好吃，胡辣汤也好喝，我十二三岁时还谋划过让她去我们学校门口摆摊的事。

病愈之后的母亲没有以前那么活跃了。她的活泼里添了自责和哀愁，时常说若非自己生病，便不会耽误家里这么多。有那么两三年，她做饭的水准也大幅下降，有时候甚至做不熟。而这几年，突然又恢复了当年三分之二的水准。

母亲一生没有完全长大。她一直都是一个渴望爱的孩子。她从未理解过自己，也从未了解过别人，包括她的丈夫和儿女。她只是用属于她的那种方式，执拗地爱着我们，却从未有力量反思，我们需要的是什么。

可惜，父亲和她一样，一生都没有被好好地爱过，于是对待爱的方式也是一样生硬执拗。他那种近似冷酷的抵制和拒绝，最终以他无法承受的方式反弹。后院崩溃之时，前院也就一片荒芜了。

好在，他从来没有真的放弃过母亲。好在，母亲近乎奇迹般地回来了。

人之为人，不是因为自身有多完美，恰恰是因为太不完美，才只能是人。接受别人和自己的不完美，是给予真正的爱的第一步。我曾怨过母亲，因为她拖着整个家庭走向深渊，但后来我明白了，让整个家庭走向深渊的，并不只是母亲，而是我们四个人弱点的总和。她的问题，不是她一个人的问题，而是这个家庭所有问题的聚合。她经受的磨炼，不是她一个人的劫难，也是对整个家庭的试炼。幸运的是，她回来了，虽然已不再年轻，但是，她还是回来了。

痛苦的时光太漫长了，但我觉得自己是幸运的。父母都健在，虽然还会吵架，却给我留下了爱他们的时间。从高中起，我开始阅读心理类的图书，后来，又接触了佛学，试着用它们来解释我的生活。我爱过一些人，却几乎无法走近他们。最后我知道，隔开我们的不只是所谓世俗眼光，还有我自己的心魔。我眼看过母亲渴爱而不得，眼看过父亲仅为责任而生活。在我内心深处，埋藏着“不被爱”的悲哀，不只有我自己的，还有他们的。那种渴望爱又不相信自己会被爱的绝望，直到我真的爱上了自己，才全部化为自由和爱，无边无际的，自由，爱。

我们无法不爱自己的父母，这是与生俱来的东西。在这一生中，我们已经把自己的童年交付给了他们。他们的爱，他们曾犯的错误，他们的伟大与愚昧，都已经深刻入我们的基因。我们无从选择，甚至不能奢谈爱或不爱。但是，我们真的懂得如何爱上他们吗？

想要真正爱上自己的父母，就要把他们当成一对普通人，拉开视角，至少再去看看他们的童年，他们的父母。如果你看了，就知道这对男女不是凭空而来。有过去的经历，才有曾经和现在的他们，才有现在的我们。他们经受过的，可能会在我们的来路上重演，他们渴求的，可能化为我们心底不易察觉的渴望。他们很难超越命运的局限，我们或许也不能。然而，如果我们曾爱上影视剧的主角，就能真正爱上自己的父亲和母亲。

母亲，未来的日子，让我们好好牵起手往下走。这一次，我永远不会放开。因为这一次，我已经认识了爱，学会了如何好好去爱你。

深夜谈话

一

“爸爸，说点你小时候的事儿吧。”

“说点啥呢？差不多都忘完了。”

“随便说点什么吧，你能想得起来的。你记得的第一件事是什么？”

“唉，真是想不起来了，具体的事儿记得不多，光记得那时候心里总是很高兴。……嗯，要不，说个我印象比较深的事儿吧。

“你爷爷奶奶不是都没了吗？我就跟着俺爷和俺叔过。那时候我已经七八岁了，上了小学二年级。应该是夏天，放学了我往家走——小孩儿嘛，走路总是蹦蹦跳跳的——没注意路上有一堆石子，脚一跐，就摔倒了。当时膝盖就破了，流了很多血。我站起来，也没哭，从地上挖了一捧黄土面捂在伤口上就回家了。回家我也没跟俺叔俺婶说，每天还是正常去上学，在家也正常干家务活。

“到了星期天，我跟俺爷在街上玩。他们那群老头儿坐在一起喷空儿（聊天），不知谁说起来贴膏药治病的事儿。我在旁边听着，突然插了一句嘴：‘爷，你给我也买张膏药吧！’俺爷笑了：‘你小小孩儿家，要膏药干啥？’‘我正经得要一张膏药啊。你看我的腿！’我把裤子卷上去，俺爷一看可心疼坏了：‘你这孩儿，咋弄的！也不说一声！’赶紧带我去看医生。

“自从俺爷知道了，我好像一下子松了劲儿，腿肿得老高，路都不会走了。那几天都是俺叔背着我去上学。

“到现在，我记起这件事时偶尔也会想，要是我亲爹亲妈都在，我也不至于连着好几天都不敢吭一声吧。”

二

“爸爸，说说你年轻时候谈恋爱的事儿吧。跟我妈结婚以前，你能没谈过女朋友吗？”

“咦！这闺女！咋啥事儿都问！那有啥好说的？”

“说说嘛，就说说嘛！有啥不好意思的。你活了一辈子，总该有人了解你过去的事。”

“你这闺女……说说就说说吧。唉，我从来没说过这些事呀。说起来，那时候也确实有一些闺女撵我撵得挺紧的。咱生产队就有两三个。就像谁谁她二姑，每隔两三天，总得去我小屋里跟我聊半天。但是要说最典型的，还是我在城里修大礼堂认识的一个闺女。

“当时，县政府要修一个大礼堂，从各个村里都抽调了一些人。一天发一块钱工钱，吃饭是工人自己从家带一斤粮票，工程上再补一斤粮票。一天三顿饭，早上五两粮票，中午六两，晚上再五两，加班到夜里十二点的话，还有一顿夜饭——不能叫夜宵，因为吃得多，随便吃吃也得四五个蒸馍。那时候我已经学木匠一年多了，基本功不错了，所以村里也调我去了。

“工程上不只有木匠、泥瓦匠，还得有小工，帮着推砖瓦、递泥兜。刘慧琴就是这样的小工。这个姑娘性格特别活泼，好说好笑，老跟别人开玩笑。我到工地的第一天，她一看见我，马上就说：‘你咋长得跟我三哥一模一样啊！以后我就叫你三哥吧！’我听了脸红了，也没搭腔。

“从那开始，她就天天撵着我，非要跟我分一个组里干活。她跟工地上的人都混得熟，抢物料下手也快。小车一趟一趟地把水泥啥的都抢过来。我觉得这样不好，就跟她说别这么干。她还生气了，说：‘我这不是给咱抢好东西吗？’我说：‘你把东西都抢过来了，那我就别休息了，只能一直干活了。其他人还可以歇歇。’——那时候还是吃大锅饭，一天干多干少都是那么多工分。我这么一说，她拍拍脑袋：‘对对，就是啊！’

才不抢了。

“刘慧琴每天对我这么热乎，整个工地都知道她对我有意思，咱村九队的建民逗她：‘我知道，你就是看上俺叔了，他要是不答应，你不能算完。’她就笑着骂他一顿。她妈其实也在那里做小工，那是个非常聪明的人，话也不多。闺女跟别人开玩笑，她也不说话，也不会过去干涉。

“后来我回家的时候，也跟你姑姑说过这事儿。我的意思，成的可能性不大。咱家条件不好，还是个富农成分，最关键人家是个回族姑娘。那年代回族姑娘是很少嫁给汉族人的，人家家里也不能愿意。

“干到阳历新年前后，工地上准备减员。当时我就想好了，如果把我减掉，以后求我我也不回来。结果真把我减掉了。我就在家歇了一段时间。建民回家的时候看见我，跟我说刘慧琴天天撵着问他：‘俺三哥咋不来了？’他说：‘咋不来了，还不是生你气了？叫你跟他结婚，你不愿意。’刘慧琴捶他一拳：‘你叫俺三哥来，我跟他有话说。’

“又过了几天，我让建民带了话，跟人家约好在工地旁边见面。我带了一口袋咱家出的粉条，跟她一起去了趟她家。也就是在人家家里吃了顿饭，也没说什么。她妈、她家人都在旁边，待承得也可好。临走她妈又送给我一些他们回族炸的油香。

“这次见面以后，她又约过我。我想了想，没有再去过。”

三

“爸爸，我问你个问题吧？”

“你说。”

“你这一辈子，最高兴的事儿是啥？”

“最高兴的事儿啊……我想想……二十世纪八十年代的时候，我特别想买一辆自行车。后来存了很长很长时间的钱买了一辆。喏，就是那辆凤凰牌的加重自行车，你小时候老坐的。我攒了可长时候钱，总算凑齐了。取好车在路上骑着，心里是真美啊，感觉路都是宽展的。”

“啊？那，生我都不是你最高兴的事儿？我可是你的头生闺女啊！当爸了，你不高兴吗？”

“嘿，生你当然也高兴啦……这咋说呢，生你，好像是一个自然而然的事。比较起来，还是买车这件事更高兴。”

因为略感尴尬，父亲伸手去抹自己的脸，我忍不住大笑起来。

是的啊，父亲，买自行车确实是比生了女儿更让人高兴，我懂的。

击败西西弗斯的葱花面

夏天来了，于是妈妈经常做葱花面。

地里自己种的小葱水灵灵的，拔回来三五棵，细细切成葱花，放进碗里，倒上酱油、醋，撒一点盐、味精，再滴上几滴香油，然后就把这个碗丢在一边腌着，先不管了。

那边火膛里，锯末填的火烧得嘶嘶叫，火苗舔着锅底，水也渐渐兴奋起来。

也许是自己擀的面条，也许是买回来的鲜面条——买回来的居多。村里有个孤寡老人买了个面条机，每天上午十点半开始给大家压面条，去的人都从自己家里带面粉，有人带了杂面去，压完面条一屋子都是豆子的青苦味儿。我小时候极不喜欢黄豆杂面，我妈却极爱。

总之，面条是绝不能少的。

锅里的水咕嘟咕嘟快要开了，再添一把火，水立刻激越地跳起芭蕾舞来——可以掀开锅盖了。

手里一边抖散面条，一边把它们撒进水里去，任它们欢喜地跟水交缠在一起，翻来滚去，银丝伸展舞动，如丝绸舞。

加两次凉水，滚开两次，面就熟了。这时候把腌好的葱花倒进去，用筷子搅一下，立刻出锅。葱花的香味、香油的香味、醋的酸香味，一时把屋子塞得满满的，把肚子里的“饿”生生地勾引出来。

夏天我就爱吃这样的葱花面，做起来快，酸香开胃，而且我不喜欢在这样的面条里再冲入面糊做成糊汤面，嫌它没有清爽相。可是每次妈妈做葱花面，我爸都不高兴——他干体力活，这样清汤寡水的面，吃不饱。

上个月我在北京的住处试做葱花面。买的小葱，一切如法炮制，出来却酸酸苦苦，自己都难以下咽，大概是放葱花太早了些。这周我又用大葱切细丝做，居然好了一点，但怎么吃都没有妈妈当年做的味道。

也许是现在的作物普遍不如以前好吃了吧；也许是我那时太小，吃什么都香吧；也许不是妈妈做的吧……总之，那种味道已经没有了。

当年做葱花面的妈妈，经过漫长的跟疾病共生的岁月，回到人间后，许多技能已经生疏，做的饭大不如前，一度甚至不能把面煮熟，至今也不过恢复了当年的五成功力。当年炒土豆丝举世无双，随便煮一碗鸡蛋面就让我想要追问菜谱的爸爸，现在只能每天坐在屋子里看书了。当年经常吵架的爸妈，如今依然用不断吵架的方式陪伴着对方；当年总是没事就叫“妈”，把她烦得不行的我，现在在北京做巨大的时代机器上一枚微小的螺丝钉；当年总是过段时间就被狠狠揍一顿的调皮弟弟，如今和我一样，是巨大时代机器上不被注意的一个微小零件——我们甚至不是那种丢失了会影响到运转的部件。

如果没有我们，这时代不会有任何不同。

我们这微小的一家，除了彼此相爱，再无任何道路可走。我们已经彼此深深相爱。

可是，那一触即发的危险，还是让我们在悬崖边上，摇摇欲坠。

我只想做西西弗斯最痛恨的人，将那巨石缓缓推到平原地带，安全降落。

即使不够完满，但是，一切诸神啊，请让我们不完美地相聚在一起，不完美地继续生活吧。

哪怕，让我像少女时代那样，经常因为顶嘴被妈妈拍打。

姥娘

我是没有资格纪念姥娘的，我自己知道。我和她之间的交集，贫瘠到只用几个画面就可以说完，而且那画面是静默的，没有一句值得被记起的话。

儿时自然是每年要去姥娘家的，但一年也不过两三次而已。先是父母各自骑一辆加重自行车，把我和弟弟安置在后座上，蹬三十多里地过去；后来是弟弟开着农用三轮车“嗵嗵嗵”一路颠过去；直到近年，才开了电动汽车过去。有电动汽车的时候，已经没有姥娘很久了。

姥娘跟姥爷生了七个孩子，三男四女。姥爷不喜欢女儿，当年生完我二姨后，十分厌烦地给二姨取名“隔妮”（“隔”是家乡土话，意思是“讨厌”），禁止姥娘给她喂奶，甚至还把她装进摇篮放在床底下，一心想把她饿死。于是姥娘狠了狠心，把二姨送人了。多年后大姨寻回了二姨，二姨也始终未曾回家见过她父亲，没有认祖归宗。

大姨是孩子中的老大，嫁去了邻村。我记事起，她就已白发满头。大姨身材高大，面目端庄，声音响亮，使人见了便生亲近之心。因为嫁得早，她六十来岁已经四世同堂，做了曾祖母好几年了。我去大姨家的次数更是有限，长到十八岁才去了第一次，到现在总共也不过两次。

母亲说她跟二姨长得像，都丑。我只见过一次二姨。应该是我八九岁时，她带了几十个小螃蟹来看我母亲。饭后，母亲一边跟二姨闲话家常，一边在鏊子上把小螃蟹焙熟了。因为实在太小，并没有什么肉好吃。我和弟弟每人抓了几只胡乱啃了一气，只图一点壳子的奇香。之后就把啃不出肉的腿子掰下来，丢到门前的大水坑里打水漂。之后很多年，二姨没有再来过，我也从未有机会去她家。

生下母亲以后，姥娘因为二姨的事，偏要跟姥爷赌气，给母亲取名“爱枝”。母亲天性倔强不讨喜，也不太有眼色，经常挨打。跟姥娘学擀烙馍，姥爷在一旁闲看，面片擀得越来越大，母亲不知道该翻上去卷起来接着擀，手足无措。姥爷说：“用膝盖接住！”母亲当真用膝盖接着，姥爷气得给她后脑勺来了一巴掌。姥娘不乐意了，说：“女大自巧，狗大自咬！不用学了，长大自己就会了！”把母亲支开了。

四姨是个机灵的孩子，自小便懂得察言观色。姥爷每次要揍她，她都一口气跑出很远，最远的一次跑了三十多里地到自己的姥娘家。我见四姨的次数也不多，更没有去过她家。

大舅年轻时非常英俊，老来发了胖，身材滚圆，都还能依稀看到青年时代的风采。他十六岁时正逢特殊的十年，因瞎写了一句标语，入狱待了几年。后来娶了我第一位妗子，那妗子不会生育，抱养了一个女孩。过了几年，两人离了婚，妗子带着女孩离开。大舅又娶了我现在的妗子，生了两位极美丽的表妹，还有一位表弟。大舅性情外向，善于言谈，爱喝酒吃肉，却未曾赚到什么钱，日子一直过得紧巴巴。幸亏表妹表弟们成绩优异，自己也要强，大概从高中起就不怎么花家里的钱。毕业后各自找了工作，又独力成家立业，大舅的日子渐渐好过起来了。现在最大的烦恼无过于子女不听他的话——他有过一次中风经历，痊愈后家人要他戒吃肥肉，多运动。但胖人都懒得动，他依旧买了个电动车，百米之外，必定骑车，把表弟表妹气得要命。

为了生儿子，二舅一口气生了五个女儿。当时计划生育抓得紧，只能把老大留在家里养，其余四个都寄养在亲戚家。第六个孩子落地，果然得偿所愿。姥娘家旁边有一条沙河，河沙可以挖去卖。二舅有很长一段时间跟别人合伙挖沙赚钱，之后陆陆续续做过许多活儿，甚至也不小心涉入过传销。这十年来，表妹们都长大了，各自嫁人成家，时常贴补娘家。小表弟去年也结了婚，刚刚生下一个儿子。二舅成了三兄弟中过得最舒服的那一个。

三舅年轻得多。我小时候他还是个小伙子，刚结婚没多久。他在家里开过理发店，后来去广州、郑州等地打过工，现在在家开个棋牌室，也是做了爷爷和外公的人了。三舅生了一儿一女。小表妹三四岁时在我家住过一个多月，十分俏皮可爱。

姥爷患有肺结核，我出生之前他就去世了。他死在大年初二，按老家风俗正是女儿回娘家的日子。姥娘说他："死也选了个好日子，唯恐闺女们把他忘了。"

我最后一次见到姥娘时，因为骨质增生恶化，她已经不太会走路了。为了我和弟弟，她凭靠一只高脚凳子，一步步挪到三舅家的门楼下，陪我们坐着。我低头，看见她的手指甲长得很长很厚了，就拿出指甲刀来给她剪指甲。

凑近了她，我闻到一股老人身上特有的气味，还有一股轻微的尿味——一瞬间，我意会到原因：那是病人身上最常出现的气味。

我什么也没说，只是握着她干瘦如鸟爪的手，一点点把呈淡黄色的坚硬指甲剪掉，又修好了边。

姥娘也什么都没说。她一向就不说什么。

从这天起，我就没有再见过姥娘。她去世那天，曾想到过我吗？

我希望是没有。

我希望她忘记这世间的一切人，自由地、自由地飞到另一个轻盈的国度。

很久很久以后，我的大表妹跟我谈起她的奶奶：

“你不知道吧？当年我三叔本来是有女朋友的。那女的是城里人，长得可漂亮，他俩可好了。我奶不同意，逼着他跟人家分了手，娶了现在的三婶。”

“为什么？”

“奶奶说人家是城里人，跟咱不匹配，娶回来也过不好。后来我三叔跟我三婶不是也经常吵架？”

“啊？想不到……”

“想不到吧。还有一次，我爸跟我妈回娘家了，回来刚进村，村里人就说：‘你快回家看看吧，你妈在村里骂你呢！’我爸赶紧回家看。原来奶奶拄着拐杖在村里已经喊了半天了，骂我爸不孝顺，不给她足够的粮食和钱。我爸臊死了，赶紧把她弄回了家。”

“我姥娘还有这一面？”

“嗯。想不到吧。”

“……”

“我奶奶死的那天晚上，我在学校打排球，不知道为什么，就是心里烦躁难受。打了一会儿我就回宿舍了，也睡不着。

后来打电话把最好的朋友叫出来，在操场走了半夜。第二天家里跟我说我奶没了……”

“姥娘没了，家里没人告诉我。你姑姑那时候还在生病，你爸爸他们也没告诉她，还是她回娘家来才知道的。你姑姑找到你奶的坟，躺在坟包上哭了半天。而我呢，因为一直没上过坟，其实在心里一直觉得她还活着。因为我本来就很久很久才能见她一次，这次，不过也是很久很久没见了而已。”

缺席者

缺席，也是一种在场。

一个人出生了，世界上就有了一个属于他的位置，像在一张白布上决然地点上了一个黑点，不论墨色深浅，他就在那里。而他的逝去，一定会留下一个微小黑洞，形成一个微小旋涡，带动那些跟他紧密相连的人一起旋转。

爷爷奶奶死去很久了，久到知晓他们的人已经大半凋落，久到他们的孙女只能问到零碎的片段，且无人再可印证。

族人们时常说起爷爷，因为那场绑架案，但很少有人说起他的性情。那位不过三十出头的青年汉子，在我的想象中没有面容，只有浓黑的剪影——秋天的深夜里，反绑着双手被几个同样浓黑的剪影推推搡搡着前行。这想象也大半来自影视剧，并无一丝真实。

父亲并不记得自己的父亲。他只是一生都不过生日，因为他父亲被绑走那天，正是他一周岁生日。

他把爷爷的二三事讲给我听，真的只有二三事，可能是我儿时每年会到家里坐一坐的那位老长工讲给他的。那位爷爷话不多，习惯蹲在地上抽一根旱烟。我十五六岁后，他不再到家里来。也可能是姑姑讲给他的，比父亲大八岁的姑姑，已经记得很多事。

说，白手起家的太爷爷难免吝啬，“人不对的话，想抽他根烟也难”，爷爷却大方。家里做烟草生意，跟伙计们出门进货，住店费、路费都是他拿。伙计们跟他客气，他只静静笑着：“你们赚点钱不容易。我出这点不算啥。”

说，他脾气坏。收麦子时忌讳女人在打麦场上出没。有一次奶奶从那里路过，被他大骂一顿。

就没有了。

他的身高、样貌、性情，全都弥散在时间中。

相较之下，奶奶几乎不被提起。

姑姑八十岁了，突然成了一个话很多的老太太，说话时，可以把根根秧秧藤藤蔓蔓都翻出来，一句话勾起另一句话，一件事牵到另一件事，不知不觉，旧事如藤萝，覆满了整个下午。傍晚快回家时，我问她一句：“我奶奶是个什么样的人呢？”

两个月后表姐跟我视频聊天："你姑还在惦记你上次问你奶奶的事，说要好好告诉你。"

这次，姑姑说了一整天。

奶奶姓胡。嫁给爷爷的那天，因为两个村子离得有点远，花轿到晚了，错过了吉时。

奶奶生过四五个孩子，活下来的只有姑姑和父亲。那年夏天，她去菜地干活，回到家腿就不会动了。躺在床上七八个月，全靠姑姑伺候。

"在床上躺得时间长了，从屁股到腿弯，都黑了。医生一个月来一回，拿刀子直接把黑肉一层层削掉，我在旁边看得冒汗，你奶奶吭都不吭一声。你奶要强。躺在床上不能动，也不知道她咋找来的麻绳，趁着没人撂到窗户上系着，准备上吊，被人看见了，没死成。自杀过两回，都被人看见了。"

"只知道奶奶是得病没了的，也不知道是啥病。看这样子，是风湿吧？"

"不知道，杂症吧。不是都说'紧七慢八'？七八个月，人没了。她没的前一天下午，跟你爸说了半天话。我跟你爸提起来，他一点印象也没有。你奶没的当天，你爸也木呆呆的，不知道哭。家里要他捧孝盆，他就是不愿意。后来我实在生气，踹了他一脚，他才哭起来。"

父亲幼时有一顶八棱帽，每一面都缀着一个银寿星和一只银铃。奶奶在病床上把它送给了族里的大侄媳妇，她跟奶奶年纪相当，是她最好的朋友。——那是我大伯母，她活到我一二十岁。儿时我常去她家玩，却也没听到她说起过奶奶。

奶奶娘家原本有三个兄弟，后来有病死的，有娶不到媳妇的，居然再也没了后人。

我八岁的时候，父母带我去给爷爷奶奶上过坟。因为尸首无着，爷爷的坟是个衣冠冢。很快，因为母亲信教的缘故，我们家取消了一切传统的祭祖仪式。如今我完全不知道祖坟位于何处了。

直到三十岁，我都不能跟别人谈起父母的身世，谈起他们的祖辈和他们经历的一切，只要谈话时间超过五分钟，我就会哭。

太悲伤了。他们的一生浸满了无常、疾病、贫穷、暴力，就像一直穿着浸透了冰冷海水的衣服。晒不干，熨不平。

我虽然是他们的孩子，却常常想向时空里尚幼小的他们伸出双臂，拥抱他们，为他们擦去肮脏小脸上的泪水，给他们食物、糖果、新衣，告诉他们，这世上有人爱他们，很爱很爱的那种。

父亲后来在自己的叔叔、我的堂爷爷家生活到二十五岁。前一年，堂爷爷用“三家转亲”的方式，为自己的大儿子完了婚。与父亲同岁的我五伯，这时已有了一个儿子。

没有人为父亲张罗婚事。堂爷爷即使有心，大概也无此能力吧——他自己有三个儿子、两个女儿。

直到很久以后，我才逐渐明白了命运的意义。在爷爷奶奶不得不那么早从父亲的人生中退场时，父亲就已经上了一条四处漏水的破船。他失掉的不只是父爱母爱，还有一般家庭本来会有的物质和精神上的彼此支持。

在通往“正常生活”的路径上，父亲一开始就被远远抛下了，而直到现在，我们整个家庭都没有再追上那趟车。

追不上，那就不追吧。索性安步当车，慢慢走。

慢慢走，带着这一脉基因里的血气、浪漫、倔强、狭隘、蒙昧，承受连绵不绝的世代带来的余波，享受活着的每一种感触乃至痛苦。

活着，就很好了啊。

母亲，让我牵起你的手

看到《三联生活周刊》的编辑朱伟怀念母亲的文字，泪落。

已经逝去的年少时的忧伤瞬间再次浸透全身，我太渴求朱伟年少时那样温暖、安定、祥和的家庭。少年时代，我的梦想中始终有一位慈爱、耐心的母亲和一位温和、宽厚的父亲在。我年少的心是嗷嗷待哺的雏鸟，嘴张开到露出喉咙，要吞食大量的幸福。

现在，很多人说家庭中的幸福是不存在的，但读朱伟的文章，我可以肯定，世间有这样的幸福，像古老的故事一样存在，地老天荒也不改变。我想朱伟现在一定是个性格极好、生活幸福的男人，他的家庭给予他的，不仅仅是儿时的幸福，也是一生的幸福。

年少时，我仰望着朱伟这样的家庭，它们是夜晚中染着淡黄光晕的一个个窗口，我渴望经过时，那光辉也洒落我身——

高中时暗恋一个白衣少年，其实更多是暗恋他温馨欢乐的家庭。

儿时缺乏的，在年少时形成巨大的黑洞，强烈到要抓住任何形式的温情，不管需不需要，正不正确。丢失的亲情无法寻回，就奢望在爱情中补回一切，用尽力气想抓紧自己爱恋的人，向他呼喊，向他祈求，向他坦白，然后，吓到他，吓倒他，失去他。最后，还是剩下自己一个人，茫然站在旷野里，用力去想，用力想得明白，想明白了，就如同儿时一样，独自行走，无人同路。

幸而一切都已过去。当我上天入地，问遍诸神问遍苍生，最后还是问到我自己，才明白失去的永不可能追回，没有的也不必要再得到，命运没有道理可讲，天道或有轮回，也非我短暂一世就能明白。少年时代的大梦徐徐落幕，我终于容许臆想中的母亲和父亲在那个世界安息，接受自己在尘世的命运，接受自己已经长大的事实，不再向外界寻求幸福，而是转向自己的内心。

这个时候，我才将视线放平，看到自己拥有的幸福。我把过去的记忆迎风扬起，大风吹走沙子留下金粒，每一粒的每个侧面都闪闪发光。我收藏好它们，不时翻检，每翻检一粒脸上就露出一朵纯净的微笑；我把现在的日子铺开，仔细搜剔镶嵌在格子中的小小碎钻，对着太阳举起，它们璀璨夺目，七色绚烂，缀成一条不间断的细细珠链——终于，我明白了，我和幸福就住在同一个房间，我不再是梦中独自哭泣的孩子，因为没有得到母亲的拥抱，哀哀地流泪到天明。

母亲，你早放开了牵我的手，而我在梦里寻找那只手寻找了那么多年，直到现在，我想我该牵起你的手，和你一起向前。

第二章 自我

有你存在的宇宙，
才真正独一无二。

少年时代，读到王阳明那段著名的“岩中花树”公案：

> 先生（即王阳明）游南镇，一友指岩中花树问曰：“天下无心外之物，如此花树在深山中自开自落，于我心亦何相关？”先生曰：“你未看此花时，此花与汝心同归于寂；你来看此花时，则此花颜色一时明白起来，便知此花不在你的心外。”

半懂不懂，但觉得美。于是搁在心上，有事无事就咂摸一下，像藏着一大块坚硬的糖，想起来就啃一啃，其实啃不动多少，但所得滋味清淡微妙，足以勾人流连。

不够懂，是天资不够，也是阅历还少。

年纪渐渐大起来，一些很厚的书渐渐变得薄了，一些很短的句子却变长了。

现在发现，世界与自身原来难以斩截区分。自身的意念流往世界，又带回世界的馈赠或者风暴。来回交错之间，完成了一生。

原来，山岩中开的花树，是开在自己心界中。而心中的花树，却开在山岩之上。

处理许多事，联系许多人，走过许多路，最后才明白，其实都是在跟自己周旋。

原来忙忙碌碌，心念纷繁，欲念沸腾又止息，止息又沸腾，要解决的也不过是一件事：摆平自己。

摆平内心生起的一切欲念。重要的，让它实现；次要的，让它熄灭；微小的，向它凝视。

摆平自己的位置。你住在这宇宙中一粒星尘之上，你的时间短暂，能力低微，你的一生在宇宙尺度中比不上星尘的一次呼吸。

你无足轻重。却又重要无比。

你是独一无二的那个宇宙。你的细微心念若被自己视为重要，就引发这宇宙的龙卷风。你未被满足的欲望若不放下，便可能扭曲变形，成为你的阴面。你闭上眼，你的世界就熄灭。你不在，你的宇宙便消失。

你只能是也必须是你宇宙的唯一主人。

心外，果然是无物的。

认识自己的心吧。

残疾

直到现在，母亲每年还会有那么几次，提起我四五岁时的一件事。

她说："你这孩子，从小就说我偏心你弟弟。那次我们下地回来，你弟弟在前面跑得快，你追不上，就对我抱怨说，'妈你为什么这么偏心眼？生个儿子腿那么好，生个女儿腿这么不好？'"

她一直以为我不记得这件事，虽然我已告诉过她好几次，我记得清清楚楚：我们走在从菜园回家的黄白色小土路上，马上就要拐个弯进入村庄。右手边那户人家种了两棵高高的核桃树。弟弟摆动小短腿在前面跑得飞快，妈妈走在中间，我跟在最后面摇摇摆摆地追。追不上，急得愤怒了："妈你为什么这么偏心眼？生个儿子腿那么好，生个女儿腿这么不好？"

对，原话就是如此。一字不差。

那时的我还不知道，疾病，尤其是残疾，不会因任何人的祈求而降临，也不会因任何人的祈祷而离去。对普通人而言，它们几乎就是命运本身。它们降临，它们摧毁。它们并不在意你是否有能力重建一切，直到跟随你的生命一起消逝，就像没有来过。

在二十世纪八十年代的中原农村，每个村里都有个卫生所。负责人是村里的赤脚医生。那些必须全民接种的防疫针和疫苗，由中央到省市到乡镇到村庄，一级级发下来，最后就由他们召集全村村民来实施。

那年的小儿麻痹糖丸发下来后，我们村的医生不知道出于何种目的，也许只是犯了个懒，只给自己家族的几个孩子吃了。于是，那年有好几个孩子高烧不退，确诊后发现是小儿麻痹症（正式名称是脊髓灰质炎），包括我。

连续的高烧治愈后，我又瘫痪了一年多。母亲说，那段时间弟弟刚出生，她经常需要左手抱一个，右手抱一个，久而久之，就患上了痔疮。

很久之后，我读到相关资料，才知道瘫痪也属于小儿麻痹的临床症状之一。瘫痪一段时间后，才能从肢体远端慢慢开始恢复。病情轻的恢复后就痊愈了，严重的则会留下后遗症。用严谨的医学用语来说，“脊髓灰质炎患者由于脊髓前角运动神经元受损，与之有关的肌肉失去了神经的调节作用而发生萎缩，同时皮下脂肪、肌腱及骨骼也萎缩，使整个机体变细”。其实，就是胳膊或腿变得细瘦无力，不太能支撑正常的行动。

儿童是难以意识到自身的残缺的，他们以为自己无所不能，至少，自己的父母无所不能。自己的“不能”不是真的不能，而是父母的“不愿意”或“偏心”。于是四五岁的我如此问母亲：“你为什么这么偏心？”一直要到十二三岁，我才懂得向命运提问：为什么？为什么是我？而直到三十多岁，我才能接受这种不由分说的命运：

没有为什么。就是你了——

就像一场暴雨将池塘中的鱼冲向陆地；

就像一道闪电劈开古槐的树身；

就像一颗陨石从天而降击中某人的头颅。

当用心去思考那推动命运轮转的动力，佛教称之为“业力”的东西，若不陷入“轮回”的说教，最后能解决问题的选择只剩下一个：不再辩解，停止反抗，接受它。

活到一定的岁数，我们会发现，这种接受几乎是一种必然选择，它就是我们经常说的——与自己和解。与自己和解的本质，就是认清人生中那些自己无能为力、无法改变的事，释然，并放手。腿脚不好就不好吧，不美丽就不美丽吧，没有那么多人爱自己就没有吧，人生中还有更多重要的有趣的事，那些改变不了的事可以放到一边了。

释然，即自由。

二十岁的时候，我读到王小波的《黄金时代》。那是一本非常好的小说。事实上，我认为它不仅是王小波最好的小说，也是中国最好的小说之一。它简洁、优雅、有趣，而又充满了思辨和活力。但在二十岁的那年，里面的许多话我都不懂。比如这一段：

> 陈清扬说，她到我的小草房里去时，想到了一切东西，就是没想到小和尚。那东西太丑，简直不配出现在梦幻里。当时陈清扬也想大哭一场，但是哭不出来，好像被人捏住了喉咙。这就是所谓的真实。真实就是无法醒来。那一瞬间她终于明白了在世界上有些什么，下一瞬间她就下定了决心，走上前来，接受摧残，心里快乐异常。

有很多年，这段话一直沉淀在我内心深处，时而泛起，直到三十岁后的某一天才恍然大悟，同时也像陈清扬一样，下定了决心，走向前去，接受摧残，心里快乐异常。

父母对待我，如同对待健康的孩子一样。要我带弟弟，做家务，任我飞奔去玩，上房下河。不接送上学，从未说过“你身体不好所以不如人，也不必如人”。于是我骄傲倔强，独立乃至豪气。同时，幼时并不刻意学习却表现极好的课业成绩也庇佑着我，使我更少感觉到自己与他人的不同。

儿童不能意识到自身的不完美，却对他人的“不一样”非常敏感。他们会敏锐地发现某人与其他人的不同——谁比别人胖，谁比别人矮，谁比别人脏，谁是瘸的……然后，根据社会暗示的评价机制，给出一个属于“自我”的反应。于是，小学期间，经常有大大小小的孩子跟在我身后，模仿我蹒跚的走姿，甚或直接绊我一跤，踹我两脚。我不太求助于人，通常是自己跟他们扭打成一团。那时候，我并不自卑，只是经常觉得困惑和愤怒。而后，我到了青春期，终于与一生中最难的问题劈面相遇：我开始试图去触摸爱情。

于我而言，爱情从来不是一件轻而易举的事。相反，爱情是照妖镜，照出我皮囊下所有的小；爱情是放大镜，放大出我自觉的所有不堪。爱情是硫黄火湖[①]，我的敏感为它添柴加火。我爱上别人的那一刻，便开始被这爱意抽筋扒髓，为之脱胎换骨。一个完美的人，在爱情面前也会不自信，而不完美的我，在爱情面前，第一次照见自己那巨大的不完美。

我终于意识到，在爱情面前，我必定被审视，必须被拣选，必然被否定。因为拒绝被否定，我试图约束爱欲——不要表达，不要表达，不要表达。可是爱欲从不听人安排。它是人心至深

① 《圣经》中记载的魔鬼与罪人受刑之处。

处的种子，根扎得深，茎抽得快，遇到屈抑，反而更加肆意疯长，扭曲成阴森诡异的样子。甚至，一棵树就长成一片遮天蔽日的热带雨林，幽深之处，怪骨嶙峋。

十三岁，我喜欢后桌男生，第一次懂得了自卑。我为他写过四五本日记，并将其烧毁，却从未对他说过喜欢。

十七岁，我喜欢一位皮肤白皙的男同学。我为他写过几十首诗，送他磁带和书本等礼物。高中毕业后，以一封电邮告知他我的感情，同时也对这感情说了“永别”。

二十二岁，我经历第一段真正的感情。虽然若即若离纠缠多年，我们最终也没有在一起。我只问过那人一次：“你喜欢过我吗？”我从来不问，是因为我不敢。我怕听见自己不愿听见的答案。十年后，他回答我：“你觉得我不喜欢你，是因为你自卑。”

他说得没错。

我怕死了感情，怕死了爱情中那种毫无缝隙的赤裸相对。一向蔑视一切陈规的我，唯有此时会用对方父母的眼光审视自己：“你看，她身体不健康，家事怕照顾不来，带孩子怕也带不好，怎么能跟她在一起？”或虚拟他的眼光来看：“不够漂亮而且不健康，不好带出去见亲友，又不爱做家务，哪里可爱了？”

于是，我越爱他，便越觉拘谨，面对他时，甚至觉得身上有无形的绳索捆住手脚，甚至扼住咽喉。我喜欢唱歌，在他面前却不能张口发出一个字。所有飞扬的自信全线崩塌，一丝不存。

只剩下高到不能更高的自尊——当你觉得无人爱你，你便会更加维护自以为不被爱的自己。这自尊有着梦幻般的高科技，随便一碰，就会竖起坚硬壁垒或触发锋利武器。看起来一身是刺，其实不过是别扭的“渴爱病”发作而已。

能够治愈这种“渴爱病”的解药，只有爱本身。而这爱，无法自他人求得——因为，它是“爱自己”。

结束了那几段扭曲的感情后，我以为自己从爱情中解脱了，却没料到，几乎是猝不及防地，我爱上了我的一位朋友。几年间，我们曾休戚与共，进退相守，成为彼此人生中非常重要的人。我很快就发现了自己对他的感情从来不止于朋友。可一如既往，我从未敢把这份感情说明。

为了让他觉得舒服，我把这份感情伪装为友情、亲情，也公开表达过对他的爱，因为表达得过于夸张而被视为玩笑，可以一笑而过。

直到后来，他有了女朋友。他告知我的那天晚上，我独自喝了一瓶红酒，之后直接不省人事。第二天早上醒来，发现自己给他打了电话，却一个字也想不起说了什么。

我想了又想，对怯弱的自己终于失去耐心：爱一个人见不得人吗？直接说了会死吗？如果不会，你在怕什么？

又打了一个十分钟的电话，人生中第一次坦荡地面对自己的感情，对他说，我喜欢你。第一次坦荡接受他人不接受自己的事实。第一次觉得，其实这没什么了不起。在放下电话的那一刻，立刻觉得欢喜。

跌跌撞撞地活着和爱着，终于学会了爱自己，并不完美，甚至并不健康的自己。

接受了这样的自我，也接受了别人可能不会爱自己的事实——当接受了这样的可能性，便也可以接受“虽然你不爱我，但我还是会遇见那个情投意合的人”的可能性。

也终于可以接受别人用任何眼光看自己：

残疾人？可以。身体原本就有不健康的地方，某些时候也确实需要他人的帮助。也可以坦然用不美的姿态行走于人前。这是我不可选择的命运，它已经如此，无须避讳。

励志？可以。每一个靠自己努力生存于世间的人都值得尊敬，何况是遵守着内心某些尺度生存着的我。

不美？可以。每个人对美的看法不同，就连维纳斯现代人都会觉得她太胖。觉得你美的人你要感激，觉得你不美的人无须在意。

再进一步说，你以为世界上有多少人会看见你？你把自我看得过高，忘记其实人们看见的所有外物，都是自心的投射。他们看见的你，甚至并不是你，只是他们自己。

另外一剂解毒药，来自生存本身。

高中毕业前，我家境况尚好，而大一开学时，我家因故跌入了破产的境地。待大学毕业，“找到工作活下去”成为我面对的第一只猛兽，因为我没有任何退路。

我怕，我怕死了。打第一次求职电话时，我看着号码发了半天呆，没敢摁下电话键盘。

找工作，失业，再找工作，再失业，回家跟弟弟开饭店，饭店倒闭，再找工作，离开郑州到北京找工作，职场菜鸟的欢喜与怨气，摘下成果的欣喜……十年，十年的工作，将我变成一个完全不同的人：少抱怨，就事论事，理性，倾向于解决问题，不认为许多事与自尊相关。

某天我心血来潮，盘点了一下，儿时的愿望已经实现了不少：

已经在二〇一四年出版了一本书，《未来不迎，过往不恋》，对八岁时想“将来要出至少一本书”的自己有了交代；

收入虽尚不足以在任何城市买房，却已能支撑父母所需；

二〇一六年终于辞职，度过了一个间隔年，除花了几个月时间陪伴父母外，还走了国内的九个省份二十四个城市。从南京、苏州到厦门、汕头、广州、贵阳，到昆明、大理、丽江……在年纪不小的时候，又按照自己的心意，任性了一次；

甚至，二〇一五年我用自己赚的钱做了腿部矫形手术，终于可以穿上阔别二十年的裙子了——因少年时摔伤了病腿，我只能用右手撑着它助力走路，渐渐跟裙子告了别；

更甚至，我终于跟合伙人一起，注册了自己的工作室，开始了漫长又珍贵的创业之路。

当你确认无论如何都可以凭着自身的能力生存下去，便不会再惧怕他人的质疑。过强的自尊心，多数与过弱的自信相关。而自信，是一点点验证了自己的能力后才有机会建立。

有时候会想，我的灵魂也许在第一次爱上别人时被震碎了，生存之轮又将它甩得七零八落。而现在，我终于可以把碎片连缀在一起，它终于完整了。

只是完整，还未圆融。也许活着是一场女娲补天，要用火焰去反复烧熔这些灵魂碎片，才能得到有流霞、有白云的天穹。

我庆幸，过去的道路虽然曲折暗淡，我内心的火焰却从未熄灭。它不仅熔化了这些碎片，还在持续燃烧。它试图熔炼更大的事物，更广阔的天穹。那些超越个人悲欢的存在，呼唤着更远的未来。

独立

一

虽然我自小就行走不便，父母却几乎从不接送我上下学。刮大风也是我自己去，下大雨也是我自己去。有时课中突然落下雪来，就有三三两两的家长带了胶鞋和厚衣服在窗外等。我心里有轻微的羡慕，也有轻微的骄傲，为着自己不需要大人庇护。

少时血气旺盛，风雨霜雪都不惧怕。初中某日放学时骤雨，没带伞，踏入雨中一分钟就被冲得睁不开眼睛。自行车骑不得，索性就跟堂妹一起，在暴雨中推着车走了两公里回家。一路上依然兴致勃勃谈天说地。回到家父母亦视为平常，绝不大惊小怪怕我感冒，只一笑而已。

若干年后跟父亲闲聊，问他为何从不接送。他说，他是故意的，因为想要我从小学会独立。

我嘴上撒娇嗔他，心下却也认同。他们的不管，令我从小习惯为自己做决定，为自己负责，虽然是微小的事，却自有一种力量，逐年生发，令我成为今日之我。

今日之我，距离完美还有无穷远，但我喜欢这个不完美的自己。我甚至一点都不喜欢完美了。发自拍照片有人建议我去做双眼皮，我跟她说，我更爱自己的内双，发自内心。

二

也不是没有过凄楚满怀的时刻。

即使在心智终于成熟的今日，回视过往，我最喜欢的仍是初二以前的自己。十四岁以前，我独立无畏，胆大包天，不在意是否被喜爱，不将自己塞进社会常规的性别意识之框中，以充沛的好奇心、敏锐的记忆力追求知识。那是一个“原人”——遵循自然，不懂矫饰，充满生机。

而初二之后，我开始面对初次心动的被禁止、母亲的疾病、成绩的滑坡……尤其是，我突然意识到，我可能是一个不太会被男生喜欢的女生。

一直到大学，全班女生都有了男朋友以后，我依旧是那个单身者。出于善良，大家对我的残疾避而不谈，转而去谈我身上那些“咄咄逼人”的部分：过于“丰富”的学识，过于突出的才能，过于犀利的言辞，过于独立的个性……我的好友说，你让男生在你面前毫无存在感。你似乎并不需要他们，那他们为何需要你呢?

不，我是需要一个恋人的，只是我需要的不是那份被照顾，而是一个用来爱的对象。我有许多许多的爱，想要给一个我爱的人，还想给许多许多需要爱的人。

只是，没有一个恋人接受我，而年少贫穷的我，又无力照顾那些有需要的人。

独立的道路漫长且有着孤独的开端。

当时我还年轻，而“社会”朝我扔过来一大套价值体系，那是一套只有一个尺寸的制服，我试图穿上它，却发现胳膊太紧，腰太松，裤腿又太短，没有一个地方合适。在聚光灯下，我像个巨大的傻瓜。

我大概知道什么样的女性会被多数男生喜爱。我甚至向好友描述过：在他面前，隐藏自己的才能，倾听他的每一次夸夸其谈并及时扑闪着大眼睛夸赞：“哇！好厉害！好棒啊！你怎么想到的！”简而言之，学会装“蠢”，就是最好的相处之道。然而我不能。

那时我还太年轻，并不清楚自己的浅薄，故此对他人的浅薄也不能容忍。同时，我无比信仰智性与有趣。于我而言，一个正确的好人，不如一个不驯的浪子。正确的好人会跟你一起钉在平淡的日子里，不驯的浪子路过你接着去他不驯的远方。

于是，我 直 路独行。

那种独行，因为缺少自我认同而凄楚。我问自己：你不够好吧？所以没人爱你。独立是拒人于千里之外的吧，所以没人走近你？你一定要去追求自己所爱，而不是被人爱，所以活该一无所获吧？

而，哪怕是这种充满了自我怜悯的凄楚的开端，也是好的吧。

那种生而认同自我的人是幸运的，他们无须经历自身与社会的一次次反馈就能确认自我的价值，于是可以省下大量时间，直奔目标而去。而更多的人恐怕跟我一样，需要用很长时间，甚至一生时间，以肉身和精神跟社会碰撞，慢慢才知道，自我究竟是什么。

只是，生而认同自我的人，真的存在吗？

三

消化掉那份凄楚，靠的是经济的逐渐独立，和逐渐重新找回的自我认同。

照我现在看来，不论出身穷困或富有，拥有靠自己就能养活自己甚至养活他人的能力，都是一个人拥有独立人格的基础。在经济独立之后，心灵的完整独立才有了立足点。之后，二者结合，形成独立的人格。独立人格形成之后，却可以得鱼忘筌——金钱的多寡反而不足以影响这种人格了。

通往独立的道路或许有千万条，但我拥有其中最好的那一条：我毫无退路。我的家庭早已坠入贫困之渊，并无一分力量可以支持我。我亦不被人爱，无人替我分担压力。过河卒子，只能向前。

终于还清了家里债务的时候，我知道自己终于有价值了。职位不知不觉升到了本职工作的最高阶时，我知道自己终于有力量了。

工作的意义，不仅仅在于它提供的养家糊口的金钱，更在于它以一个个微小的成功来肯定你的价值，被摧毁的自信逐渐在工作中重新聚合。某天你会发现，自己不知何时已越过了那道自我贬抑的山岭，眼前的世界已截然不同。

之后，你更愿意通过工作来触摸社会的脉动，去抵达更广阔的人群，来完成你儿时树立的那种真的近乎妄想的理想，而不再为他人对自己的评价动心。

四

要有很强的力量，才能摆脱他人对自己的不合理期待，才能处理好自己跟他人之间的依赖。

我的原生家庭充满问题，最后又坠入贫穷。但我却永远感谢我的父母，他们未曾给过我所谓严格的教育——除了笼统地希望我过得好，他们未曾明确过希望我做什么样的人，从事什么样的工作，过什么样的人生——父亲算是尝试过，但他很快意识到这样做的失败，之后对我实行了完全的放养。

而我的问题来自下意识地想被人喜爱，心理学家所谓的讨好型人格。在非常长久的岁月里，我无法拒绝他人的求助，无法斩断他人对自己时间空间的入侵，无法斩断他人对自己的依赖——依赖与被依赖，并无什么不同，都是以无法独立的姿态实现亲密关系。

佛说，人生是一个不断修炼的过程，你所经历的每一件事，都是修行必需。心理学说，所有你未解决的问题，都会不断重来，直到你解决它为止。我一遍遍去轮回这些事，对友人，对恋人，对亲人，一次次去审视、剖解心里的那块痼疾，直到我明白，我是因为害怕不被喜爱，才无力拒绝。

奇怪的是，你看见问题的时候，就是问题被解决的时候。

我终于划清了自己跟他人的边界。我终于像十四岁以前那样，不再在意他人是否爱我。因为从今日起至我的时间终结，总有一个人无条件地爱我，无条件地接受我——

那就是我自己。

被自己爱的感觉，温暖踏实极了。

五

所以，我理解中的独立，是这么一个样子：不依附，不盲从，不轻易跟随，亦不轻易改变，改变就改变得彻底。有着“虽千万人吾往矣”的孤勇，亦有着九死不悔、百折不回的坚忍。它与“爱自己”一起，成为“自由”的双翼。而自由，多么美丽。

独立就在那里，或许遥远，但值得跋山涉水去尝试。因为一旦试过它的味道，你就再也不想回到从前。

孤独：那件美丽的小事

一

孤独，来自想要交流的欲望，来自想被认同的需求，来自一个灵魂想得到另一个相似灵魂共振的渴望。

孤独，本质上来自生命本身。一个人为何要诞生于世间，又为何拥有无穷感受，却又独来独往，独生独死？

一个女人分娩的时候，医生、护士环绕身边，甚至丈夫也可能在旁边握着她的手使她安心，但她依然是孤独一人。她要独自承受阵痛，承受娩出婴儿的撕裂之苦，承受婴儿终于脱离母体后的空虚和疲惫。

那正在出生的婴儿也是孤独的。他离开母体来到世间，接触到空气，尝试第一次呼吸，发出第一声哭喊。他必须靠自己学会这一切，他无从言说，别无选择，之后，甚至不再保有这段记忆。而以后他也会慢慢懂得，孤独是人生的常态，普通而正常。

二

孩提时代，我曾被一次巨大的孤独击中。

下午放学回家，所有房门洞开，家里空无一人。我去开衣柜找衣服，摸到一根被红布裹着的长棍状物体，不知为何，脑子里迅速编织出一个荒诞的故事：父母杀了人，把尸体扔进了井里，这是留下的腿骨。故事编完的一刹那，我如被雷击，浑身震颤着跑出屋子，瘫倒在满院夕照之下。

虽然很快就发现，那不过是母亲用来治病的羚羊角，但自此之后，死亡这件事就如影随形，成为我入睡前神思游荡时最常触到的事。

生命无中生有，在世间存续有限一段时间，之后归于寂灭。而每当想到我死后化为灰土，再也无法感知风吹过面颊的滋味，无法触摸任何亲爱的人，再想远一点，茫茫亿万年后，人类都有可能消失，这个宇宙也会毁灭，我就陷入深深的恐惧。那一刻，我好像未穿宇航服飘浮在太空之中。

这种孤独，于我，是最彻骨的一种。它直指人生的虚无，令我窥见活着的底色。

三

青春期，进入另一种庞大的孤独。比现在更为庞大的。

青春期，所有感受器官都安装了放大器，欢喜痛苦都是空前绝后的强烈；自我存在感膨胀起来，对世界有很多意见要发表，急着去爱某个人，急着寻求意气相投的朋友。

跟人剖心剖肺，分享食物、书籍、时间、秘密，因为不被理解而着急，以为会有毫无保留的亲密；

因为恋爱被禁止，于是友情的强度和纯度都被要求得极高，于是经常翻脸、冷战、解释、和好；

但一个人不可能、不必要也不应该把全部的感受都分享给另外一个人，没有人能接得住，也不应该接住；

最后，那些只属于自己的时刻，化为诗、画、小说。

为堂妹的生日，手制了蛋壳不倒翁、诗歌笔记本、心形吊坠；

摔伤休学在家，桌子上放着一片不知为何剩下的深蓝色玻璃，于是用白色软蜡捏出四只天鹅，再用硬纸剪出荷花和荷叶，做了一片池塘；

为毕业后再也不见的那位少年，写一篇名为《蝶梦或朝花夕拾》的文章……

做这些事的时候，我知道自己是孤独的，却又是完满的。孤独像一片安静的黑色，将“我”凸显出来。在孤独中，心念生起，心念前行，心念落下，心念寂灭。

将对他人的渴求转为创造的可能，虽然做出的是微不足道的东西，却理解了艺术家那种表达欲从何而来。他们都是把满怀话语变成了作品的人吧。

四

七年前，在网络上看到有人说起诗人万夏的一句话：“他认为自己生命中的人数已经满了。”不知为何，它像一句深山中的呼号，不断在我心里撞来撞去，最后形成了轻微的雪崩。

那句话里的笃定自足、别无所求击中了我：一个人会在什么时候，认为自己生命中的人数已经满了呢？

那时，我还是周末会去组织饭局、节日会招呼主题聚会的人。人间的热闹，于我而言，还是有趣而暖和的情分。我需要静，却也热爱动。所以我懂不了它。

时间毫无声息地过去，就是七年前的事，如今看来，也如隔世了。不知何时，我竟渐渐体会到了那句话，虽然我的生命依然留有大片空白。

不再对外寻求理解，并且不再把被误解看得重要。明白人与人之间距离虽近，却各是一个独立星球，心路相隔万年。

不再试图对人证明自己，包括能力和魅力。被欣赏、被爱不再那么重要，不是因为不珍贵，而是因为接受了自己的平凡，明白了好感的不可强求，不必争取。

不再喜欢密不透风的亲密，至此，恰当的距离更成为美好生活之必需。你在你的位置就很好，我在我的位置也很舒服，我们相互环绕就够了，已经可以形成星系。

孤独从来不会难以忍受。

孤独一直就如此美丽。

最重要的事只有一件

活在世间，要做的事千千万万件，但最重要的事却只有一件：摆平自己。

世事是一台微妙而灵敏的天平，时时处处称量着万事万物对人心而言的分量。自心分量不够，便会常常失衡。

你在意权势，在意控制他人来实现自己的意志，面对权势胜己者，自然便会嫉妒且自卑。

你在意被爱，在意他人眼中的自我是否完美，面对不喜欢自己的人，自然便会愤怒乃至绝望或扭曲。

你在意财富，在意自身位于世间哪个序列，自然便会无休止地加班，无止境地追逐金钱，多少物质都不会令你满足。

换句话说，你追求物质、权力、爱欲，并不是追求它们本身，而是追求它们背后那个让自己满意的自己。

心灵若不够坚固，不够富足，便会轻易被外物打翻。

相反，当你不再为外物牵引，时时处处保持着心的平衡，知道自己是谁，走在什么路上，要实现怎样的自我，一切境遇便不再是境遇，而是你观照自身的镜子，也是你展现自我的舞台。

那么，怎样才能摆平自己呢？

摆平自己，意味着不断地变化

能让自己平衡的条件，是不断在变化的。

刚进入社会时，所求多是一份能供养自己又有进步空间的工作，得之便觉幸运。慢慢经验增长能力增强，便想升职加薪乃至独立创业，做一份属于自己的事业。在此过程中，眼见同事比自己晋升快“成功”早，就难免心态失衡。

初恋爱，多数发生在年少时。彼时年纪轻，对自己不是看得过重，就是看得过轻，甚或兼而有之。看不准自己，又怎能把握住他人？然而人之情欲和压力，偏于此时最为要紧。为了给自己和他人交代，匆匆婚配。几年后物质渐渐丰裕，当初被挤压的感情需求复活，只好拆了围城，再建围城。

初始所求，常常不过物质而已。这也是最容易的一步。

渐渐地，要到精神上来，这才是踏入险境。

七八年前，曾有人说我："你该多赚点钱，钱才是最重要的。"我则回奉他道："人也该有高悬于头顶的理想。"七八年后，他又来找我："我现在领悟到你说的道理，支撑人的还是那些虚的东西。"又说，"但我看你，分明也走了我说的道路。"

确实如此。要有足够的经济基础，才支撑得起丰富的精神世界。也要有足够高远的志向，才不致溺于琐屑，在具体事务中左支右绌，艰于呼吸。

摆平自己，意味着不断地追问

做事之前，问问自己的动机，问问自己要满足的，到底是心里哪部分的需求。

至今为止的人生，半数被我花费在做一个满足他人需求的"好人"上。

从十几岁到三十岁，我是朋友圈里那个随叫随到的好友，可以深更半夜听电话倾诉一小时的好人。

朋友们习惯于什么都问我，从"excel 表格怎么插入公式"到"我是不是应该跟他分手"。

朋友们也习惯于随时随地向我需索情感支持，从深夜一点打来电话讲述自己的突发灵感，到失恋后住进我家整整三天与我形影不离。

不不不，我当然知道这是对我个人边界的侵入，而不是成年人的友情。但在抱怨了他们对个人边界的麻木和不克制后，我突然明白了一件事：是我自己同意他们这么做的。

在他们对我的需要中，我满足了自己的“超人幻想”：我是个有能力的强大的人，我可以帮到那些需要我的人，而他们弱小，离不开我。

同时，这也满足了我的“讨好型人格”需要：我不能拒绝他们，因为我需要他们喜欢我。拒绝会让他们从此之后离开我。

你看，在“强大”的外表下，我也是个脆弱的空心人。

看见问题，就意味着解决了问题的一大半。

我开始有礼貌地拒绝那些不应该的入侵：能百度到的问题，请自己百度；情感问题的倾诉，请不要超过半小时。只有某些特殊时刻，我可以提供无条件不限时的支持。

这是对我自己的尊重，也是对朋友们的信任：我相信你的智慧，相信你自身的能力，你会找到属于你的解决方案，并不真的需要我所谓的指点。

还要明白，你嘴里说的“渴望”不是你真实的欲求，你的选择才是。

你说想要减肥，却一直往嘴里塞高热量食物，从不下楼去跑步健身，对不起，你内心真正的渴望是食物，而非好身材。

你说想要自由，却让自己深陷于各种关系之中，每日为应酬各色人等头痛不已抱怨不断，对不起，你内心真正的欲求，就是这种“我不可或缺”的价值感。

你说想追求真爱，却听从父母的催促和相亲安排，跟并无感情的对象结婚，过你眼中“死水一般的生活”，对不起，你要的不是真爱，而是“安稳的生活”。

如果一件事不能激起你的行动，它就不是你真实的渴望。

你追逐这些不真实的东西做什么呢？可能也是被美好的词语洗了脑，要“有理想”“有真爱”“有激情”。

不必这样的。

安于你所拥有的不想改变的生活，已经很好。

摆平自己，就是要如此：岁月变迁，不昧本心。

退出潮流，退出攀比，退出那些别人都在做、看起来很美，却不能给你带来快乐的东西。

找到那些令你心安的，让你舒服的，使你觉得“我在做自己”的事，并接受它，享受它。

人生是没有固定意义，没有绝对真理的。

如果一定要说有，那么绝对真理只有一个：人生不管是美好或痛苦，总归我们要失去它。

那么，不妨活得再大胆一点，再本质一点。

就这么干吧!

第三章 爱情

从爱一个人里，
我们学会了真正的自爱。

后来，我又认识了一些像我一样的人：经历了许多甚至称得上残酷的暗黑锤炼，对他人和世界却一直抱有善意和温柔，很少提要求，自己负担自己的人生，看上去很应该被爱，却一直处理不好自己的爱情。内心深藏“不被爱”的悲哀，转化为仓皇的不自信，主动大量付出，却不敢上前一步去争取，只能等着对方的确认。拥有高到离谱的自尊，将“纯粹”视为爱情的最高要义，因而不能忍受对方的丝毫犹豫和动摇。生生地以清高的姿态，活出了卑微的事实。

再后来，反复观察，思索，体悟，渐渐明白：在明明只属于自己的爱情里，我们要消解的，却是在原生家庭里生出的“肿瘤”。那“肿瘤”长在自己身上，根源却在上一代甚至上上一代。我们的天性与自己的命运密不可分，难以分辨何为先天何为后天。所谓他人不爱自己，往往是自己不爱自己的投射。当不信自己会被爱，便会浑身都是痛点，他人不经意的触碰都会带来剧痛；或者，不尊重自己的美好，只能大量对他人付出、讨好，以为如此自己于对方才有价值。

而爱情啊，它哪有什么必然可言，又哪有百分百的纯粹。

你爱一个人，是不自觉的，甚至跟自己的理性相反的。它并不由自己控制，甚至越控制越膨胀。不然，罗密欧何必非要爱上朱丽叶，祝英台又何必非要跟梁山伯合坟？而一个人的被爱，又如何能抽离自身那些特性？他自身的容貌、资产、家庭，原本就是形成现在的他的一部分。因穷困而坚忍，因富有而明朗，都是人性。抽离了外在的爱情，不是纯粹，而是根本不存在。

追求那种纯粹，只是虚空，只是捕风。

因为一直处于爱的匮乏之中，有一年，我终于开始问自己一个问题：“如果此生都不能遇见爱情，该怎么办呢？”想了很久之后，我突然知道该怎么办了。其实不是想通了，而是慢慢消解了原有的问题，开始真正地爱上了自己。在爱上了自己以后，那种自青春期开始如影随形的爱之孤独，逐渐淡去，只偶有残影。原来我面对的最大问题，始终不是别人，而是自己。

爱上了自己之后，你对自身的评价不再因他人而发生巨大的偏移；

你承认自己的不完美，但也认可、欣赏不完美的自己；

你知道自己不是个美人，却又迷恋于自身之美；

你接受了自己如此普通的事实，而又享受着自己那微小的不平凡；

你是这浩瀚宇宙中的一粒微尘，却又是自己世界中的王。

你知道自己跟他人相关而又无关，相爱而又不是须臾不可分离；

你知道人人都将在孤独中走向终点，如有必要，却也愿意与人共享晚霞与流岚；

你不再在意自己是否被人深爱，反而因为如此，你被许多人爱。

说到底，人生是一场漫长的捉迷藏游戏，而你的游戏对手，还是自己。经由爱情或事业，我们找到的，居然还是自身。

这真有趣。不是吗?

初恋

一位朋友说，爱是一种极温柔、极温柔的感觉。

我想，她说得对，却也不那么对。爱可以是极温柔、极温柔的，又可以是极暴烈、极残酷的。其实，对于爱着的人来说，爱才是世界上最残酷的挑战。

经由爱情，你会比他人更精细百倍地审视自己，进而觉得自己经不起审视，越是这样，越希望爱人能给自己一个肯定：即使我这般不堪，这般一无所有，你还是爱我，对吗？

悲喜剧便由此启程。

但也许，这是将要成熟而未成熟的爱情的特点。已经成熟的人，对自己有足够的认知和自信，明白自己要的是什么，明白自己的价值所在，也就不会反复考验他人，反复求证。当遇见合适的人，也许这爱情就会自自然然、大大方方地结果了。

只是也许。

而对原本就幼稚的孩子来说呢，爱可能是《浮士德》里那个被禁锢在瓶子里的荷蒙库路斯，他如此纯粹、如此灵动、如此美丽，却又不可触及，一旦跳出瓶子，就意味着死亡。——也许没有几个人记得《浮士德》里的这个孩子，但是，不会有人忘记自己的初恋。

我能把哪一次恋爱称为我的初恋呢?

生命刚开始的那十几年，日子鹅黄淡绿，清晨的阳光在琅琅读书声中照上玻璃窗，金灿灿晃人眼睛。蜜蜂从窗口飞进来，落在我粉红色的圆扣上。路边白茅正在抽花，地丁花和蒲公英紫的紫，黄的黄，蔷薇花探出粉白的蕾。

那个瞬间，回头一望，看见他的眼睛，看见他右眼外眼角那粒小小的黑点。

这一瞬间的魔力，我以为一九九七年已经消散。那个时候，爱的湖泊蒸发为一朵云，飘走了。

我以为升华就是死亡。但现在我明白，这个瞬间的魔力永远不会消亡，因为生命中曾经美好的时光永远都存在。你也许不再用具体的爱来爱这个具体的人，爱本身却不会毁灭。

因为，回忆起过去的时候，心里分明飘起了一阵细密而绵软的雨。

那朵云，它又回来了。或者说，它从来没离去。

一

读初一的时候，我十二岁。在五班玩玩闹闹读够一学期，第二个学期开学，学校突然要分班。

当时初一共有六个班，每班五十多个学生。这所初中刚建成，一共有十二个教室，我们是第二届学生。许是为了给下届学生腾出教室，校方把自己眼中最淘气的三班和五班拆开，分散到其他四个班里去，四个班马上膨胀为八十人左右的大班。

于是，开学第一天，我就抱了自己的一堆书，从二楼上了三楼，走进西边第二个教室去。

虽然是校方行为，班主任对新来的学生如何安排座位却并无规划，只任由原班同学和新同学自由组合。我踏上讲台环视闹嚷嚷的教室，内心一片茫然。这时我的小学同学秋从第六排座位上站起来冲我招手，并径直走上来抢过我的书，我便随她坐下。

现在可能不会有人相信，二十世纪九十年代初，乡下初中的男女生们，依然有着不可思议的羞涩和拘谨。当时每星期只有周日休息，周一返校的那个上午，男女生之间就不再说话，到了下午，那些“大胆”的孩子才会开始互相搭讪。如果过了寒暑假这样的大假期，返校后必须要用一周时间来为异性交往解冻。

所以，我和秋同桌三四天后的一个课间，我正神游天外时，她突然拍了我一下：“哎，你帮我个忙，替我叫后排那个男生一句，我要跟他借橡皮用。”

“你神经啊？我又不认识他。你们都同学半年了，你自己去叫！”

“我不好意思啊！你就替我叫一下嘛。”

“奇怪，难道我就好意思啦！不叫！”

在她“不帮我就不跟你好了”的威胁下，最后我迅速回头，朝着那个正跟同桌说话的男孩子甩出了三个字——他的名字，他扭头回望的刹那，我俯身趴在胳膊上笑了起来，脸嘭地一下火烧火燎。而秋就顺理成章地跟他借起橡皮来。

相识终究不可避免，又过了几天，忘了是在什么情境下，我们开始说话。我气鼓鼓地翻他一眼：“哼，谁不知道你叫姚锌原！”

周围同学都笑起来：“人家姓徐！”

而这位有着圆圆的脸和一枚小虎牙的少年，只是微微一笑：“我也知道你叫苏辛。”

过了很多年以后，我盘点那些过往中对我而言很重要的人，突然发现，原来我都记得是在什么场景下第一次认识了他们。无一例外。

初中时代，曾在作文中写过好几次母校。说它坐落于狼冲岗下，许禹公路北侧，进门有一个圆形花坛，花坛中心是一棵桃树，周围一圈矮冬青。初二那年早春三月犹落新雪，白雪压在粉色桃瓣上的样子，我至今难以忘怀。

以花坛为原点，伸出两条十字交叉水泥路。

向北二十米就是三层高的教学楼，楼前种一排松树，树巅直冲三楼栏杆。栏杆是水泥抹砌的，有男同学会毫无防护地在栏杆上轻盈漫步。十字路两侧种满了白蔷薇，春日一到，千朵万朵压枝低。蜜蜂也来，蝴蝶也来。男同学手里张着自己叠的纸口袋也来。他们跟在蜜蜂后面，看准了，轻手轻脚一扑，口袋里罩住一只蜜蜂，嘤嘤嗡嗡，带到教室去吓女同学。

向西三五米，就是住宿楼。一楼靠南一半是老师的单间宿舍，靠北一半是男生宿舍。二楼靠南一半是女生宿舍，靠北一半是男生宿舍。宿舍楼北有一道露天楼梯，几乎是男生上楼专用，女生若向北穿越宿舍走廊，都被视为一次探险。

向东的尽头是厕所和南北两片操场。操场除了用来上体育课，还用来做小考的考场。学生们搬凳子出去，分散开来做题。打小抄的难度比在教室要高一些。

沿着教学楼向东北角去，是学校的食堂。交粮食兑粮票是最常用的吃饭方法，直接用钱也可以。当年我对钱没有概念，亦对跟大人打交道感到艰涩，有一次交了七十斤粮食后食堂没给我粮票，我竟一直不去问。食堂分学生食堂和老师的小灶。我怀念冬日早晨两角钱一碗的丸子汤，跟好几个同学一起挤在屋子里，人人捧住一只大碗，每只碗都冒出腾腾热气，金黄色的炸丸子在酸汤里酥软喷香。

学校在公路北侧，周围全是麦田。越过公路，路南麦田里有一口井。我和好友曾专门折了两朵蔷薇花，带去井边，一片片扯下来，谈些闲话。

我认识锌原的时候，大地春回。女同学们每天课余去田野里采来白茅、野草、油菜花，绑成一束，放在桌头。楼下蔷薇花开得沉沉的，偶有春雨，雨珠缀于花瓣之间明亮滚动。白杨初生的叶子嫩绿，树影落在教室北面的窗户上。家里的大丽花开得圆圆的，火红。我扯下蔷薇和大丽花的花瓣，用圆珠笔在上面写“一瓣心香”，之后把它们夹在书本里，过了几天，字痕仍在，花瓣却萎黄了。

一瓣心香，惦念的已是背后那位少年。

跟我个子差不多高，深肤色，圆圆脸，右眼角有一粒小黑痣，长着一颗虎牙的少年。写字超烂，手指却修长；成绩很差，脾气却很好的少年。大部分时间低着头默默地不知在捣鼓什么，常常是微笑着的，跟我斗嘴从来都不生气的少年。

我们不知道自己为什么会爱上某个人。对他人的感情，在基因里写定，却没有站得住的理由。为什么你喜欢温柔沉默，她喜欢暴烈张扬？无从解释，只知被吸引，只能去跟随。

十几岁孩子相处的日常，微小到不必说。无非是打打闹闹，聊天胡侃。在分开之后，有那么几年，我把我们相处的日常在心头反复嚼过，以为终生不能忘。而到了现在，时日湍急如水，终于将记忆之洲冲垮，只剩下零星几个小岛。

记得某日课上，他和同桌说笑被老师抓住，让他们站在讲台旁边监督其余同学“看谁笑了就抓住替换你们”。我作为好友向他们投过同情的目光，却被他举报“苏辛笑了”。一个叛徒！

记得我从家里翻到两枚领夹，一枚红色国徽，一枚蓝色鳄鱼。红色领夹的细链子断了，我花了二十分钟没有修好，递给锌原，他摆弄了两下就还给我，链子完好如初。我把两个领夹都送给了他。

记得他新买了一支软笔拿到学校，我马上就抢过来写字玩。突然听到他和同桌说我“坏话”，我转身佯怒地用软笔在他们桌边上敲了一下：“说什么呢！”谁知恰好敲在笔杆最脆弱的腰部，笔立刻从中间断开，展现了一支笔的气节。

记得我穿了一件嫩绿色缀满了椭圆亮片的薄毛衣，午后阳光从窗户中射进来，照在我身上，墙上就有了一片流动的小光点。我天真地快乐着，把这景象指给锌原看。不知道他说了什么，只记得他也笑得惊奇开心。

记得那段时间女生流行戴珠花。深色绒布做成蝴蝶结，中间用白乳胶粘住几根塑料棍，棍头串几粒珠子。头微微一动，珠子就互相碰撞，发出“哗啦哗啦”的声音。我买了一朵，夹在扎得高高的马尾根部，时不时微微侧转头，就为了听珠子碰珠子的声音。下课时锌原说：“哎，你的花挡住我了，看不到黑板上的字了。”我便把花取下，挂在宿舍的墙上。后来，珠子一粒一粒遗失了，蝴蝶结也找不到了。这朵我只戴了一次的花，永远也不存在了。

记得某个课间，锌原在教室里，我在走廊上，隔着玻璃窗吵闹。我用手拍了一下玻璃窗，叫：“不许说啦！”玻璃应声而碎。举班喧哗，男生大呼“大力士”，我和他隔窗对望，尤其尴尬。班主任裁判，住得远的我出钱，住得近的他出力，回他们村买一块玻璃来。买来后我去校务部要玻璃泥，他们没有，玻璃就暂时放在我桌子上做隔板。等终于有玻璃泥时，窗户上镶了两个半块玻璃。

记得某日早读，他拍拍我的肩膀，递给我一页纸，说：“送给你。”原来是从《中学生数理化》杂志上撕下来的歌词页，郑智化的《祝你生日快乐》。我把这页纸用透明胶带一道接一道贴满，以免它被撕烂，到头来它却不知所终。

记得他家离学校只有一千米，所以他并不住校，每日三餐都走路回家吃。站在三楼栏杆前向东眺望，只要时间正好，就会看见村庄把他吐出来，他小小的身影一步变大一点点，一厘米一厘米地近了，被学校的墙遮住了，穿过校门走上十字水泥路了，绕过圆形花坛走进教学楼了，就要从楼梯口出现了。

记得他生日在端午节，比我晚半个多月。我为他买了一个软面抄日记本。当时乡下初中并无太多新奇之物，小卖部里稀奇的不过是各种日记本，带锁的，不带锁的；或者各色丝带，可以用来扎头发，也可以编各种流行的手工制品。给男生的日记本不能太花哨，我大约是尽力选了一个好看而又不娘娘腔的，但实际样子却实在记不清了。不过我还记得，我工工整整写下了他的名字，又工工整整写了英文的“happy birthday to you”，然后就，卡住了。

我竟然找不到机会，也没有勇气把这个本子送给他。

因为怕被同学看到，我也不敢把本子留在座位上，只好每天揣在怀里，带在身上——那时我常常把衬衣扎进裤子里，于是可以像古诗里写的那样“置书怀袖中”。带了几天还是心虚，又剪下一小段粉色丝带，用胶水贴在了写的那排字上。虽然隐约还能看到一点字，终究还是安心一些了。

他的生日一天比一天迫近，我一天比一天焦灼，却还是不知所措。某天从怀里掏这个本子被他同桌看见，那孩子不知为何竟一口断定："你这是送给锌原的生日礼物吧？！"我只好慌忙否认。

他那个生日是怎么过的，我已经不记得了。那个本子没有送出去，后来也下落不明。

随后不久，暑假就来了，我们要升初二了。

二

整整一个暑假，我没有见过他。

我常常骑车穿越他的村庄，在自己臆测的他家的路口附近，偷偷向路北看一眼，忍住心口的剧烈跳动，猛地加速向东，去找邻村的朋友玩。

后来，在我们失联的十几年里，偶尔从他们村经过，我依然重复着这无谓的动作，只是不再心脏狂跳，而是发出叹息。

这么多年以后，我依然不能懂得，为何当年的校领导那样热衷于分班。初二时又分了一次班，我们同时被分进了三班。

开学没多久上早读，被分到了隔壁班的一个前同桌突然到我们班玩，跟其他同学说，我和锌原"好了"。下课后，这一"新闻"爆炸性地传播开来。

那时候的"早恋"，是很羞耻的事。不必老师和家长反对，自己就会觉得抬不起头来。

自此，我和铎原不再交谈。路上遇见，也各自低下头去。他比我低头更快。

当年流行抄歌词，几乎每位同学都有歌词本，还要互相传抄。我的那本在班里流传了一圈以后，抄着《祝你生日快乐》的那页，有熟悉的、歪歪扭扭的字体写道：“过去的，就让它过去吧。”

该怎么过去。我有一个艰难的初二。那年，我失去了与他相处的快乐，失去了一位正常的母亲，还失去了一向优异的成绩。

初二第一次摸底考，初一时数学一贯考九十多分的我考了三十分。我的数学老师，换回了初一上学期的那位。他看着我不胜惊诧：“苏辛你怎么会变成这样？”

命运罡风猛烈，四面八方撕扯。身在其中的人却不知某个微小动作正是巨大契机。我不知道分班后换了个实习生数学老师会让我学不明白因式分解，也不知道近视了不戴眼镜会让我一生与数学再不相亲，更不知道，这些事已埋好了一生境遇的伏笔。

成绩变差的同时，我的母亲突然出现了精神分裂的征兆。放学回家总看见她坐在床上，拉着父亲的手不让他离开，絮絮说着什么。厨房里没有吃的，我抓两三个冷肉丸子，马上骑车回学校去。她逐渐看见不存在的事物，听见不存在的声音，咒骂着除了她的孩子之外的所有人。直到有一天被注射了专用针剂，渐渐好起来。从此，陷入了隔段时间就复发的沼泽。

并没有一个契机让我醍醐灌顶，突然奋发起来。我放任着内心对数学乃至理科的抗拒，愈来愈贴近文学，每一节课都被我上成了写作课——故事、诗词、日记，写作为自以为勇敢实际充满恐惧的少女提供一块浮岛。彼处风景旖旎，甚至别有世界。

初二整整一年，我们只说过一句话。

下午上课前，我出门去，在花坛前遇见他。出乎自己意料，我问他："来了？"他低低回答："嗯。"

就这样，而已。

我只在日常的发呆时刻，幻想无数与他相处的场景，偶尔委托男同学替我传递一个小礼物给他。而我发呆的时刻，有那么多。

在日日相见却不可触及的岁月中，混沌的初二一晃而过。

三

初三，又一次分班。他被分到了一班，而我在二班。他在二楼第一个教室，我在第二个。

不知不觉，他长高了，学习却还是那么差。所以，他坐在最后一排的最后一个窗户旁边，被后门遮得严严实实。我每天从他的窗口路过就不自觉加快脚步，后来一班的同学问我：“你为什么到了那个窗口就蹿一下？”

我们更少相见，但我跟他在一样的境地里了：除了语文，我其他课的成绩也都一落千丈。

这是否让当年的我，感觉不那么孤独？

那一年，我不去想成绩的事，只是沉溺于读书和相思。

想他，想他，醒着的时候，意识里都是他。

甚至，睡着了也梦见他。

学校太小，最后同级的学生终究会互相认识。我认识了他的几个好朋友。晚自习下课时，我看见他的朋友在教室里最后一面窗户旁坐着，也会到教室最前面的窗子前，轻声唱起一首歌。我想让他的朋友知道，喜欢他的女孩，确实很不错。

机缘巧合，我跟坐在他前排的女孩成了很好的朋友。虽然认识她并不是出于想要接近他的目的，却还是通过她给他送过几次礼物——没有更大的胆子去做别的事了，示好的方式也只有单调的这一种。

我送过他相思扣——把大红色丝带的丝线抽出来，细细地缠满一元硬币，结一个同色穗子，再编一根同色绳子。

还送过他粉色丝带做的心。是怎么折折叠叠穿穿绕绕，手法早已忘记。后来我看见他的毕业照，黑压压的人群中，他是最后一排左侧的第二个人，穿迷彩夹克衫，红毛衣，白衬衣，脖子上挂着的那只粉色丝带心，无比醒目。

漫长的初三就要结束了。我们骑车去城里参加毕业会考。因为腿不太好，我骑车也比大多数同学慢，所以很快就落了单。独自骑到我们乡政府所在的街上时，我碰见了也在骑车的他。他停车，站下，像个大人一样对我说话。但我已经记不得他说了什么，现在想起来，像是个默片。他带我一起去坐三轮车。那时候客运的中巴还很少，也可能没有，即使有也比较贵。进城更多的是靠三轮车。用大农用三轮车改造成的，加个车棚，棚内左右各放一条绷了棉垫的木板。车棚上多焊一道铁杠，可以把自行车的龙头卡在那里，这样既能带人，又能带车。我跟他去坐车，两个人的自行车都挂在铁杠上。他坐在我对面，三轮车轰隆隆地大响。说话了吗，也许是说了的，但现在回想，一切都是默片。到了城里，我们下车，我以为他会跟我分开，他却问我饿不饿，然后带我去街边饭店吃了一碗饸饹面——对当时的我们，那已是奢侈品。吃完饭，我以为他会跟我分开，他却又问我要去哪里。我说我去东商贸，他便跟我并排骑车送我。没走多远，要带我去东商贸住的女孩过来了。

会考三天，我没再遇见他。父亲给我三十六块钱的花销，我拿来买了一本《红楼梦》，一本《警世通言》，花了三十二。会考后放假的三天，我几乎没睡觉，囫囵把《红楼梦》吞完。

会考回来后不久，是我的生日。那时候我还不知道我的公历生日是多少，只知道农历。每年石榴花开的时候，我就要过生日了。这次，他前座的女孩来找我，说他有礼物送给我。

不知道他是怎么跟住校的老师借了宿舍。晚上熄灯以后，我跟那女孩坐在屋子里，灯泡发出黄色的光。他送我两兜甜点，还有一个八音盒。那个八音盒是一个白色的金字塔，非常巧妙地利用重心位置保持平衡，让一只鹰把嘴停在金字塔尖的凹洞里，它轻盈地展着双翼，姿态优雅。我们还是没有太多话，也来不及说几句话，有几个“混子”学生忽然开门进来，看见我们就准备调笑。他站起来，笑着伸开长长的胳膊，嘴里说着不相干的话，把他们拥了出去。我和那女孩等了一阵子，不见他回来，只好回宿舍去，因为再不回去就要锁门了。而这时候校门已经锁了，我问那女孩他该怎么回家，她说，不要担心，他会翻墙。

再过几天，就要中招考试了。夜里十点多，教室的电灯都灭了，我点着灯在屋里看书。其实不是看课本或复习资料，那一年我总不知道自己在做什么。我坐在教室的最中央，屋里还有两三个人，窗外夜色昏黄。这时候我听见有轻轻的敲窗户声，看见一个模糊的人影，就像梦游一样走了出去——其实我看不清是谁，只是觉得应该是他。出去一看，果然是。

站在二楼的栏杆前，楼前的松树已经长得非常高了。初夏的夜晚是温凉的，月色暗淡，教学区的灯也都灭了，黑黢黢的一片。他在我身边，比我整整高了一个头。他有一米八了，是我这辈子爱过的身量最高的男人。

他递给我一支钢笔，说，自己今天就退学了，明天就不来学校了。我不知道我说了什么，也许什么都没说。他又说，他们在楼下等着他呢。

我看不见，却知道他的两位好友都在楼下跨着自行车单足点地等着他。道别以后，他转身下楼，汇入他们之中。三位少年突然一起转响了自行车铃。明亮而单调的铃声像三道长尾彗星划过路面，渐渐消失不见。

第二天，我用那支钢笔写字，它忽然掉到地上，直接戳坏了笔尖。

他送我的音乐盒，几年后未经我同意，被母亲送给了偶尔来我家玩耍的表弟。我冲母亲大发脾气，母亲尴尬地准备帮我要回来，我想了想，说，就这样吧。

四

他离开我之后，我继续读书，考试。第一年中招考试落榜，回校复读。一九九六年元旦时去找住在岗上的朋友玩，下坡的时候没留心，摔伤了腿骨，休学半年。之后又去复读，上了高中。

高一，我还是想他。终于忍不住写一封信到他家，不久后，我收到他的回信，在那一刻，爱的湖泊突然蒸发为一朵云，飘走了。我开始全心全意把他当成哥哥——从小，我就希望有个爱护自己的哥哥。

间断通信的两年间，他去了郑州上班，其间给我留过一个固定电话，我偶尔会给他打电话。

高二下学期，他的生日，我打了好几次电话过去都没找到人。过了好几天，我收到他的信。信上说，他女友看到我给他写的信，哭了一整天，跟他生气，他解释了好久，所以有一段时间没跟我联系。

我犹豫了几天，回信说，好好对人家，我们不用再联系了。之后，他又写了一封信，我再也没有回复他。从此，这位少年与我在人海中失散。

也不是没有过见面的机会，但人生之中的巧合有时近乎戏谑。高二上学期的一个中午，我去浴室洗澡，出来后发现我的好友疯狂在找我。她们说，你哥哥来看你了，他个子高高的，在咱们班门口等了你半个小时，实在等不及，就走了。

高一我生日的时候，还曾收到他寄给我的礼物，一只雪白的毛绒小狗，有琥珀色的眼睛。我跟它鼻子顶着鼻子，对了半天眼睛。我从来对毛绒玩具无感，他不知道，后来还寄给我一个布娃娃，粉红色的，穿着格子裙。在他眼里，我应该是一个很温柔的女孩子吧。

二〇〇一年我到郑州读书，拨了前几年的号码，他早已不在那里了。

五

溪水急着要流向海洋，
浪潮却渴望重回土地。
在绿树白花的篱前，
曾那样轻易地挥手道别。
而沧桑的二十年后，
我们的魂魄却夜夜归来，
微风拂过时，
便化作满园的郁香。

我从未想过，在与锌原分别后的十七年里，我会一年又一年地梦到他。并不频繁，每年只梦到一两次。每个梦都简单，无非是一起去做什么事，而他，保护了我。醒来时，身心都觉得轻松愉悦，还有淡淡的惆怅。

并不知道从什么时候起，他成为我的某种寄托，某种情结，存放我不给别人看的脆弱。

慢慢地，我开始寻找他。并不大张旗鼓，也并不存心怎样，只是想知道他的现状。

用他的名字搜索QQ，翻人人网，搜腾讯校友录……一无所获。这也正如我对他的想象，在我想象中，他就是一个几乎不使用网络的人。我找不到他，这好像是应该的。

二〇〇八年左右，我搜到了我们初中同学的一个QQ群，加入后，发现成员中有一位是他的好朋友欧。我在群里跟他打了招呼，想跟他问锌原的联系方式，最终还是忍住了。

二〇一五年七夕节那天，我突然被拉进了一个初中同学的微信群。莫名其妙进群后，我又看见了欧。犹豫了几个小时，我终于找到他，向他要了锌原的手机号。因为已经是七夕的晚上九点多，我没有给他打电话。

第二天上午，我终于拨出了这十一个数字。他没接。可能是被当成骚扰电话了吧！我给他发了个短信。过了半小时，他回了电话。他已经不说家乡话了，我们在普通话里迅速认出彼此的声音。听得出他有点激动，没几句话，他主动说：我们俩当年，也是有缘无分。

啊？我眼前浮现出他毕业照上脖颈挂着粉丝带心的样子。原来如此啊。原来他已经告诉过我了，只是我不明白。

他说，初一的时候，我每次回头看他，他都以为是他上课做小动作被我听见了，所以瞪他。

他说，初一的时候，他记得我扎过一款白娘子式的头发，特别漂亮。

他说，初二的时候，同学传起流言说我们“好了”，他不知道该怎么办，只好选择不跟我说话。但从此只要看见我，他就会脸红，心跳加速。

他说，直到后来他才明白，喜欢一个人，就应该跟她在一起。可惜他明白的时候，已经晚了。

又过了一年多，当年的少年才又坐在我对面，跟我碰饮一杯酒。他最后的身高是一米八五。他把我所不知道的拼图碎片递给我，却也已在时光中剥落得斑驳迷离。

心爱的，你能幸福，我也就安心了。

我真开心，一开始是你站在我眼前。

千千阕

我想，那时我爱上你，原本也没什么稀奇。谁让我当时爱着诗，爱着风雨，爱着向未知的一切追问，爱着爱情本身。如果那时不遇见你，我还是会爱上某一个人。我只是不知道，我是否也会对那个灵魂，追索得那么急切，那么深。

——题记

一

如果我有杜拉斯的才华和自信，我就会写道：

我已经老了，有一天，在一处公共场所的大厅里，有一个男人向我走来。他主动介绍自己，他对我说："我认识你，永远记得你。那时候，你还很年轻，人人都说你美，现在，我是特来告诉你，对我来说，我觉得现在你比年轻的时候更美，那时你是年轻女人，与你那时的面貌相比，我更爱你现在备受摧残的面容。”

但实际上我不能这样写。才华固然重要，自信则更重要。有人天生不怀疑自己的魅力，可以落落大方地昭告所有人，自己备受爱慕；有人则处于摇摆不定的怀疑之中——我有魅力吗？我值得别人来爱吗？

事实上，前者不论样貌如何，总会比后者更受人爱。这是宇宙的法则，你觉得自己有，你天然就会有。

十五年前的我，当然不会是前者。

六月末的清晨，我在长途火车的硬座上醒来。座位对面的男孩已经开始跟人打牌，他座位下放着一个编织袋，一直神神秘秘地不告诉我里面装了什么。

我打开自己带的软面抄，写下了一段日记。

这是一趟从中原开到南国的火车。我原以为暑假期间人应该不多，却未想到因赶上放假高峰，车上全是人，走道上也挤得密密麻麻。因为不想从人群中挤过，我少喝水，也基本不吃东西。

对面桌的旅伴已换了两三拨。原先是两位在郑州打工的江西男青年，一路上都拿着手机在打游戏，发信息。那时，手机还是一种相对稀罕的东西。后来他们下去，上来了两个广东男青年，看上去像是发廊仔。他们拎着编织袋，让我猜里面是什么，我说，是蛇吧？他们抿嘴神秘笑着，说下车再告诉我。

那其实是我第一次独自乘车远行。

前一日清晨，我从郑州坐上这唯一一趟直达南国的火车。好友为我买了牙膏、饼干、水，送我到站台，我只是急慌慌赶车，并没顾上上演泪洒站台的情景剧。

当天我穿一件黑白横条纹无袖短衫，一条卡其色长裤，踩一双红色绑带松糕鞋——十年以后，同款鞋子再度风靡，时尚重新轮回，而旧日故人，却再也不可能回到身边。

那时我还是一头短发，头发刚披到脖颈边。前晚舍友买了染发剂在宿舍自己染发，我也跟着玩，但又舍不得把头发都染黄，只挑染了额前的一绺。

你看，这细节还宛在眼前，可是我们都已回不到当初的心情。

上午十点多，火车在广东惠州停下。我背着一个双肩包，里面是几件衣服，拎着一个包——里面装着一本《红楼梦》、一个软面抄以及带给你的礼物——下了车。

南方的阳光哗地一下倒下来，我微微眯起了眼睛，脚步浮游不定。拎蛇皮袋的男孩从我身边快步掠过，擦肩时轻声对我说：“这袋子里就是蛇。”

我看见你站在出站口的铁丝网后，白衬衫黑长裤，戴黑色细框眼镜，手插在口袋里等我。

看见我，你抢上几步，伸出右手来握住我的左手，我扭动了两下手指，也就任你握住。因我亦知道，你是看我脚软了，扶住我，倒也没那么多男女情分。

上了公交车，并排两个座位，你坐在我右边。熟悉我的人都说我活泼，话多，爱玩笑，但坐在你身边，一时也没什么话说。也不好意思看你，再说你也没什么好看的。厚厚黑发，浓浓眉毛，细细眼睛，薄薄嘴唇，一眼也就看完了。只好端正坐着，看窗外风景。

我看窗外山水，却知道你在看我。目光灼灼，烧得我右脸微烫。我心里微叹一声，伸手去挡你的目光：不要看我。

我总觉得自己不漂亮，被人打量总是不自在。你看我，我觉得自己骨架太大，眼睛太小，手掌太厚，腰太粗，脚掌太胖。我很想缩小一点，不这么高大，也别这么引人注目。

于是你笑笑，讲了个笑话给我听。

有个人对另外一个人说："昨晚有四个人在船上打麻将，那么小的船，整整打了一夜。从来没见过瘾头那么大的人！""他们打麻将，你怎么知道的呢？""嗐，船上没地儿坐，我站在水里看了整整一夜，怎能不知道！"

噗。我笑出声来，睨你一眼。

下了车，再转一趟公交车，又下了车，再走一段路。已经到了某个小镇上。正是午后，日光浓烈，整个镇子像在沉睡之中。爬了七层楼梯，打开一扇门，就进入你的世界。

二

在相识之前，我已经知道你很久了。

高二时我就知道了你的名字。你弟弟手里那本古代文学读本的扉页上，龙飞凤舞地写着三个字。我看了一眼问他："是你哥哥吧？"他大为惊讶："你怎么知道？""直觉。"

这三个字，跟我没有什么关系。我并没有刻意要记住，却居然没忘记。

我开始断断续续从你弟弟那里听到你的消息：你炒股赚了钱，你做了网站主页，你的女朋友送你九百九十九颗折纸幸运星，夏日你跟他们一起喝啤酒，喝完后把空酒瓶顺着地面滚到屋角去……并非刻意，这些明明跟我没关系的话落在心上，居然未曾被遗忘。

而我们正式认识，竟然是三年以后的事了。

读了大一的我开始迷恋上网，做得最多的是胡乱浏览网页，QQ 聊天。某次跟马上要下线的你弟弟聊天，他丢给我你的 QQ 号，非要我加上你。聊天的开端并不非常愉快，然而后来，我们开始聊诗词、红楼梦……

那时候的我，应该是寂寞的。虽然寂寞是人生的常态吧，年轻时的寂寞还是更折磨人一些。那时我天天把“人生而孤独”挂在嘴边，其实却并不太懂得它，也不太懂得自己的寂寞。而一旦有人似乎搭上了自己在意的那条线，心里总还是免不了欣喜。

即便如此，两个多月后我们还是断了联系，直到半年后我百无聊赖又想起你来，再度找你聊了几句。你已经去了广东上班。聊了一段时间之后，你邀请我暑假的时候去找你。我一直没有答应，直到某晚我们又聊起这件事。

我跟你讲起《古今谭概》里的一则小故事：

“一位瞎了一只眼睛的妓女因为太穷养活不了自己，就去京师谋生，遇见了一位特别喜欢她的少年。有人嘲笑这少年眼光有问题，他很生气地回答说：‘自从我跟她在一起，看天下所有人都多了一只眼睛。美丽的眼睛有一只就够了，要那么多做什么？’”

你说，然后呢？

我告诉你，我有一条腿不太好。

你说，没事，你来，我挽着你走。

这句话，让我决定去见你。

三

你所在的小镇，有山，有海，有巨大的山一样的云朵，缓缓地从空中走过。

白天你要去上班，我一个人在空旷的屋子里待着。打开阳台的窗，让南方溽热的风从窗口直灌进来。每天洗几件衣服晾晒，有一天风大，把一件衣服吹走了。

巨大的云朵从空中走过时，在前方绿色的矮山上投下巨大的阴影，像是整座山都被烧焦了。

夏天的白天真漫长啊，尤其是南方的夏天。

卧室有一扇很大的窗子，晚上总看见对面有一盏昏黄的灯彻夜亮着。某夜，窗缝中挤进来一只硕大的苍蝇，嗡嗡嗡在屋里撞来撞去。

街上卖的鲜荔枝五块钱一斤，跟碧绿的枝叶一起售卖。芒果剖开，有滑白的鱼骨般的大核。

炸过的花生米放在桌子上，半天皮就不再焦脆。

楼下总有一户人家，上午十点左右会播送儿歌。

五楼的住户开着门，主妇蹲着撑开一块抹布细细地擦地。

晚上你回来，常常提着很多东西：菜、米、蛋、面……还有特意给我买的水果和零食。

有时候是我做晚饭，这时候我会把你赶走。因为别人盯着我做饭，我会紧张到手足无措，然而你做饭时却一定要我在旁边看着。我看着看着会不好意思，常常转头去看西天的晚霞。

那晚霞真的很漂亮，你做的饭也实在很好吃。

饭后，我们往往是在阳台上，一人坐了一个凳子，你拿了竖笛吹笛子，一支又一支曲子，很多是我没听过的。吹了一首歌，你就会停下来问我："听过没有？"

有时候我会接着未完的曲子唱下去，有时候我思索半天摇摇头，有时候我想都没想就说"没有"——这时候你常常做出愤怒状：前天不是听过的吗？银霞的《结》！

于是我从你那里知道了许多以前从未听说过的歌手，学会了《一串心》《兰花草》《踏浪》这些早期校园民谣。

又一次，我们买了六瓶啤酒来拼酒对诗。一人说上句，一人以该句的末字为首字说下句，说不上的罚酒。两个人都有对不出的时候，但是我输了就乖乖喝酒，你输了却要我陪着喝，耍赖耍得我都急了，却觉得这赖皮里有着一点可爱。

我一向自负博闻强记，在你面前却吃了瘪。就是最普通的四大名著，你提出的问题我往往回答不来。于是你瞪我一眼，开始给我讲故事。你甚至记得清诸葛亮舌战群儒时每个人的刁难和孔明每次的机智应对；还有《西游记》里孙悟空大战长蛇怪，三次大喝“何方妖孽，报上名来！”每次书上都写“那怪不答，只是舞枪”，笑得我几乎咳嗽。

那天我说白天无事可做，你顺嘴回答：“那还不如写诗呢。”

于是我当真每天写一首现代诗。

诗、歌、小说……这座安静的小镇像是一座孤岛，周围都是空白，只偶尔用电话跟家人接一道线。跟你在街头买带着新鲜枝叶的荔枝时，我有时日久长之感，其实也不过才消磨了两周而已。

第二个周日，你说手里没钱了，在考虑是不是要我回家去，过段时间再来。我以为你在开玩笑，又问了一遍，是真的。“明天你就走吧，我请假送你，过段时间再来。”

我开始收拾东西，到卫生间去洗澡，出来看见你在客厅里坐着，桌上摊着我写诗的本子，见我过去你就到卫生间去了。

我拿起本子来看，《千千阕歌》——“徐徐回望曾属于彼此的晚上，红红仍是你赠我的心中艳阳；如流傻泪祈望可体恤兼见谅，明晨离别你路也许孤单得漫长，一瞬间太多东西要讲，可惜即将在各一方，只好深深把这刻尽凝望……”是我高二时就记住的字体啊。

泪，一发不可收。你出来后看见我在哭，问："哭什么呢？"我不能成言，泪流满面地走到阳台上去。外面正在下雨，雨帘一扑就扑到人面前来。

你从背后抱住我："有一首歌是这样唱的：喜欢你从背后抱着我的感觉……"我一边哭，一边又在心里忍不住笑你这种程式化的浪漫。"我们去看海吧。"你轻轻说。

看海，是我们之间的约定，你答应过要和我一起看海，吹笛子给我听。你已经为我吹过很多次笛子，却没有带我看过一次海。

我们坐了摩托去。我把下巴搁在你的肩膀上，抱着你，雨珠急急重重地砸在我们身上。

那一片海，银蓝银蓝。

我们都没有泳衣。你脱了外衣长裤就跳下去了。我把脚伸进微凉的海水里，跃跃欲试。你引诱我："要不买身泳衣给你？"我就那样穿着无袖衫和七分裤跳了下去。

两个人都成了小孩子，摸了许多贝壳出来，拣一片好的，扔掉一片；再拣一片，又扔一片。你还捞了海沙来抹在我臂上。我是旱鸭子，你却动了游泳的心思了。让我坐在近水边的一块大海礁上，你一头扎进水里，游向远方。很久很久，才又见你在银子似的水波中游回来。想到我是你在万顷碧波中的目标，那一刻，我突然觉得有点悸动。

回程时我穿了湿衣服坐在你后面，把你的裤子都濡湿了。下车后我们去菜市场买菜，我指给你看湿裤子，你说：“没事。”

吃过晚饭，你要我跟你一起去上网。走在路上，你问我：“如果现在我被车撞死了，你会怎么办？”

“通知你的公司和家人，看着一切事情都处理好。”

“你自己呢？会自杀吗？”

“……我不知道。”

“那么我呢？如果我死了，你会怎么办？”

“通知你的家人，看着一切都办好。”

“你呢？”

“……我不知道。”

上完网已深夜十一点多，我们回去，你说：“明天不走了，下周六再走吧。”我忍不住笑了。

第二天你交给我一百块钱：“看看能不能坚持一周吧。”

我笑笑：“其实你不应该让我管账。”

“为什么？”

“万一我管得好了，我走了之后你会想我的。”

你笑了笑。

那一百块钱没有花完，而别离的一天终究还是来了。

你周六请了假送我，我甚至表现得很开心，催着你，怕赶不上火车。

我们离车站很远很远，坐公交车过去的时候，你累了要睡，我调整了姿势，让你靠在我的左肩，我矫情地想——那里离心脏比较近啊。

买完票你和我一起在候车厅等，你告诉我，晚上六点就没有回去的车了。我不安地看着你，很想和你吻别。可是我没有勇气，你并没有鼓励我的意思啊。我很理智地让你现在就走，不要晚了。你抽了一支烟，看了看我，真的站起来走了。

我没有送你，只坐在那里，目送你走出视线。你真的消失了，我开始后悔：为什么没有吻你？我幻想你去而复返，抱着我说：“不要走了。”

似乎过了半个小时，又似乎只有十分钟，你真的回来了，手里提了一大袋水果，坐下来把水果交给我，拿出一支烟，说：“抽完这支烟我再走。”

我不安地一直盯着你的唇。那支烟抽完得真快。你把烟头扔在地上，踩灭，说：“我走了。”我急急地拽了一下你的袖子，你说：“嗯？”

我终究没有那种勇气。又一次目送你离开，也知道，你再也不会回来了。泪水慢慢涌上来。我弯下腰，捡起那个被你踩灭的烟头，把它包好，带在了身上。

离开你回到家。第一天、第二天、第三天……忘记是第几天，思念像山谷中的一声尖叫，引来满山雪崩。当天坐在院子里，看着夏日傍晚满院余晖，当场落下泪来。从那一天起，思念渐渐成为一种习惯，随后变成温柔而沉痛的负累。化掉它，用了好几年。

四

有很长一段时间，我的好友们都无法理解我。你只存在于我的思念和描述中，几乎从未出现过，为何成为我无法逾越的一座高峰？这样一份不被正常反馈的感情，为何会持续如此之久？支持它的，究竟是什么能量？

当时我也不懂。我只知道自己无法遏制地被你吸引，像铁丝注定要冲向磁石，像飞蛾一定要飞向烛火，像物质必定落进黑洞。

大约经过漫长的十年，我才逐渐理解当年的自己。你于我而言，不仅是最初靠近的恋人，更是我最需要的一种认同——我需要通过被你爱上来肯定我的价值，全方位的。我们相识时，你在智力、阅历、感情经历上都远超过我，是我渴望亲密接触的强者。就像我的父亲相对于母亲而言那样。我一直目睹着母亲的不被爱，不自觉地将她的命运担负于自己身上。如果你会爱上我，那父亲也就有可能爱上母亲。父母的不相爱，并不绝对是必然。

然而，因为父亲不爱母亲，我早已在潜意识里认为“我必然不被男人爱”。而我的残疾和你的冷淡强化了这个观念。在这种关系里，我渐渐扭曲了。骄傲的自尊，对你的强烈恋慕，卑微地思念你及为你做点什么的冲动……乱七八糟地拧在一起，爆炸成一幅毕加索笔下的《格尔尼卡》。

对，在我的爱情版图里，这次爱情就像一场空袭，但结果并非一无是处。它最终炸掉了一大部分过去的肿瘤。

回到郑州上学之后，我开始给你写信。那时候写信还是大家使用频率最高的通信手段。在信里，我迫不及待又毫无节制地开始对你倾诉——我孤独的境地，我父母及家庭给我的茫然，我膨胀的骄傲和自尊心，我读到的书、看到的段子，我关于你的无数幻想……我是那般渴望向另外一个人袒露自我，渴望寻求到一位完全认可我的恋人。我说我愿以你为父、为兄、为同伴、为婴孩，因为自己一直将这人生视为巨大的游乐场，于是跟你说“在这花花世界上，我想是你最好的同谋”。

我一股脑地将自以为美好的内心倾泻给你，以为你会发现我的善良、有趣、有才、可爱、脆弱并喜悦地拥抱它。直到两年后，你的新女友告诉我，“他觉得你太爱幻想了”，我才确认你到底如何看待这种倾诉。

你打来的电话逐渐稀疏，从不回复我的信，QQ 消息也越来越少。终于，那个下午，我已忘记自己在 QQ 上近乎哀怨地说了一句什么，你严厉地回复我："你什么时候变成了要求这么多的人？"

我第一次感受到，什么是唰地一下从头凉到脚。我呆坐在座位上，心口剧痛，全身冰凉，羞愧难当。而且心里清楚，我们完了。

那不是我们最后一次通话。期末考试前半个月，大家都在备考的晚上，你突然打电话过来，不尴不尬地聊了几句，你问到我的学业，我无端觉得被轻视，语气生硬地说："我这次期末一定会考好的。"你不再说什么，挂断了。

那次我果然拿了奖学金，但你再也没有打来过电话。我们也几乎不在网上联系了。我们没有正式说过在一起，也没有正式说过分手，所以一直以来我甚至无法将你定义为我的前男友。

跟你分开三四年后，我在公交车上坐着，依然会因为想起你说过的笑话而突然微笑起来。晚上关了灯，闭上眼睛酝酿睡意时，许多零乱的画面开始上演。一开始，我不知道自己竟然是在回忆，当我明白过来的时候，大颗大颗泪珠已经掉落在枕头上。我意识到自己在哭。把枕头翻个面儿，十分钟后，又湿透了。

我常年卡在回忆嵌顿之处。那里始终有一盘石磨，经年累月，缓缓地碾磨着并不是坚果的鲜红果实。直到果实变成泥，泥和成丸，吃下去，成为药，去溶蚀儿时结出的肿瘤。

把自尊和爱踩到最脏最黑的泥里，跟泥土一起消解，再养出新的花来。然后，摆正自己，爱上自己。到这时，你若不爱我，我也不会在意。

五

我们并没有成为完全的陌生人。

你说，你对我一直是欣赏的。你说，你一直视我为你的一部分，期望我完成你无法完成的事。你说，我所以为的不爱，是因为我太自卑。

我们都是懦弱的人，在不被期望的时候才能说出真心。承担别人的灼热凝视太沉重了，宁愿它滑落在地。一直凝视别人太辛苦了，最终要还心灵以解脱。

时间如此漫长，我在爱你的过程中慢慢冷却。对你的炽热爱欲，因为不能充分燃烧，最后成为一块灰黑的炭，压抑而猛烈地暗自燃烧，终究还是烧完了。

在不爱你之后，我感到轻松，自由，前所未有的自由。

我们保留了彼此的电话号码和微信。电话几乎永远不会拨打，微信上可能半年才联系一次。上一次联系，你发来了你儿子的照片：他就快上初中了。小小年纪就戴上了黑边眼镜的他，宛然是你的翻版。

乌头

二〇一六年十月，我在云南大理、丽江郊区见到很多蓝紫色花田，远观以为是薰衣草，近看却不是。纳罕了好几天，后来坐大巴去泸沽湖，遇见一位性格开朗爱说话的司机，他说，那是乌头。

立刻查资料，原来是一种剧毒药材。能散寒止痛，现在也有用在癌症和白血病的治疗上的。只是乌头“有大毒”，服用不当，几克就能使人中毒甚至丧命。

如此剧毒之物，偏偏云南人艺高人胆大，竟会用特别的炮制方法将其跟猪脚之类大荤之物同炖。吃上一碗后，把自己在被单里裹好，躺在无风之处静卧休息，等身体里那股热烘烘的劲儿过去，就安全了。据说吃这么一次，整年都会身体康健，连感冒都不易患。但炮制手法既烦琐，风险又极高，每年都有因吃乌头炖肉而中毒乃至丢了性命的人。

我几乎已经忘记了小司这个人，但这次看到乌头的时候，却莫名其妙地想到了他。

二〇〇八年四月，因为所在的公司解散，我终于下定决心离开郑州，来到北京进入了某图书公司上班。刚开始的一两个月，既不认识什么人，也还没买电脑，周末常去网吧消遣两三个小时。就在那时候，我认识了小司。

严格来说，认识他其实应该有两三年了。我们都在同一个网友的群里，他跟我搭讪过几次，我没什么积极的回应，在群里也是长期潜水。只有那个周末，因为心情愉快，我参与了群里的聊天。他小窗我，跟我私聊，说一直觉得我可能是个清高的人——“你自己条件蛮好的，所以对别人都不屑吧？”

我觉得好笑，可能也怀着一种摧毁他人想象的快感，飞快打了一大堆字，把我的人生简述了一遍——一个大龄单身贫穷女青年，家有几万元债务，刚刚入职自己喜欢的工作，还不知道未来到底会怎样。我哪里会对别人不屑，又何谈清高呢?

这一堆文字可能确实产生了摧枯拉朽的效果——他停顿了几分钟，回复说，没想到。

从那天起，他突然对我表现出了极大的热情，要了我的电话号码，频繁给我发短信打电话。几天后的一个晚上，他突然在电话中向我求婚——

我很震惊。

现在回想起来，那种震惊里包含着惊奇、不信任，却也有着一丝被肯定的惊喜和感动——长年爱而不得，令我在爱情上自我贬抑，几乎不相信这世上还会有男人对我感兴趣，却又寄望于会有奇迹发生。所以即使收到的求爱如此荒谬，我还是热泪盈眶。

很久之后，我慢慢明白了为什么对“奇迹”最感兴趣的永远是社会底层——因为我们心怀热望，又不知道达成目标的方法，或者知道了方法却又怯于、难于改变现状，于是将希望寄托于“奇迹”。奇迹罕有，但，万一实现了呢？

虽然很感动，我还是拒绝了他——毕竟我对他并没有特别的感觉，也并不相信这种突如其来的热情。即使它是真诚的，也必然是短暂的。

此后，他开始了一系列现在常常被归纳为暖男套路的坚持：早安午安晚安短信；早上电话叫起床；晚上电话闲聊；自顾自称呼我是他的女朋友……

我把这看成大学男生的一时兴起——他比我小六岁，正在上大三。我跟他说明我们没有可能，而他则决定暑假到北京来看我。

他真的来了。我到北京站接他，他用黑色塑料袋装了一大束玫瑰花来。后来枯萎变成深褐色，挂在我住处的墙上。

他开始做那些男朋友常会为女朋友做的事：早晚接送我上下班；中午顶着烈日去单位给我送一罐冰好的山楂糖水，甚至因此中暑；雨天为我送伞……这并不是我最欣赏的那一类感情。从少女时代起，吸引我的就是风神、谈吐和思想。但在长久的求而不得之后，我终于想：也许，这样平淡、平凡的生活，未尝不好。

我们成为正式男女朋友。

因为还是学生，他并不上班，生活开销都是我来承担。暑假过完，他回去继续上学。寒假到来，他又过来。我租的楼房正好到期，以当时的微薄薪水，负担不起楼房的房租和两个人的生活费，于是就搬家到附近的平房去。平房冬日极冷，必备煤炉。而我始终未能熟练掌握烧煤炉技能，清晨起床时炉子常常灭掉，必得跟房东大姐求烧着的煤球来引火。然而，周末用高压锅做出一锅高汤来，在家自制火锅或者炖萝卜肉汤时，亦并不觉得日子寒素，心里盘绕着的是“绿蚁新醅酒，红泥小火炉。晚来天欲雪，能饮一杯无”。

我生性对金钱并不敏感，又曾在郑州度过了极其贫穷且无望的日子，所以对自己到底在北京穷到了什么地步，并没有强烈的概念，也不十分在意。而他既然在知悉一切的情况下靠近了，我想，他应该也是跟我相似的人。

但是，世界上既不应该存在纯粹的精神至上主义者，也不应该存在纯粹的物质至上主义者。当某天精神主义者开始意识到物质的重要性，而物质主义者学会了聆听精神的声音，我们才开始走向真正的成熟。

相处半年多以后，日子更为平淡。每日交谈不多，我们的兴趣并无太多交集。而很快，钱的问题凸显出来。

他大四未能成功毕业，需重修一年。他说家境贫寒，这事儿也丢人，不能跟家人说，于是在负担日常开支之外，重修费我也出了。重修的那年，他也不怎么上课，在北京某公司上班做销售近一年，并无一单成交，只拿底薪八百块。我始终以为，刚毕业找不到方向、做不出成绩是正常的，所以从未对此提过什么要求，只是一直顺理成章地承担着一切支出。

在一起一年多后，我们商议结婚。过了几天，他说，母亲得知我有腿疾，以自杀威胁，坚决拒绝了婚事。而此时我又发现，他有与其他女性暧昧乃至发生关系的迹象，心知我们的关系已走到了尽头。不是不痛苦，但也接受了。

他春节回家时，在老家附近的城市找了新的工作，又回京搬了东西走。我知道这就是分手，也并没有说什么。

他离开北京后两三天，我在 QQ 上跟他说，我们这就算是分手了吧，他指出我的缺点："你不爱收拾屋子，也不会打扮自己。跟你在一起看不到未来的希望。你太不成熟，跟朋友在一起也没有气场，总在迁就他人，不像是你这个年纪的人。你看某某（我的朋友），她虽然不是特别漂亮，但是有气场，依旧会吸引人。"

那时，我的自我之塔尚未稳固，他的言语又引发一场微型地震，令我难堪并再度质疑自己。因行动不便，我确实逃避打扫屋子；因一直穷困，我确实不怎么打扮；因生性随和，我确实常令朋友唱主角。但这真的足以成为被分手的理由吗？

因为自觉在这段关系中我已付出应该付出的，所以虽然他的批评让我痛苦了两天，之后的放下却十分爽快。一段关系难以结束的原因是，总有一方不甘心。我并无不甘。结束并不意味着失败，即使是失败，我也可以认领这失败。

我以为我们从此不会再有交集，却未料到，其后竟然还有两年多的纠缠，而且，是为了钱。

离京半年多后他联系我，说回来看我一趟。因为已放下，我倒答应了。他走后几天，我发现他带走了我的信用卡并刷爆了里面一万多的现金，带走了我的社保存折并取走了里面所有的钱。打电话问他，他说要跟朋友合伙创业开店，需要资金，自己办了几张信用卡提现还不够，所以把我的带走了。

我把卡和存折要了回来，自己每月按最低还款额还款。

到了第二年年底，他创业失败，准备回北京来找工作，又联系我，说在北京没有别的朋友，请我允许他借住几天。我同意了。

他借住期间，我换了工作，去了北五环。我要把房子转租出去，因他一直住着，也未实现。而他找了一份电话销售工作，没做两三个月就失业了。我建议他去做快递，他却一直在住处拖着，并不尝试。在此期间，他开始每月向我借钱，每次都是两千多。他要用这笔钱还一张信用卡，然后再取出现金，去还另一张信用卡，再取出现金，去还下一张信用卡，以此实现资金的循环。

当时我月薪大约七八千，还自己那张信用卡要一千多，再借钱给他，基本上就月光了。

之前我们在一起时认识的一个朋友，也是用他这种方式去创业，失败后因无法归还信用卡债被起诉，最终入狱了半年多。从心理上我其实已经无法承受这种被借款而永远不知道什么时候才会归还的压力——尤其是在我们其实并不是恋人关系的情况下，却又狠不下心拒绝。目睹他人的困境而不帮忙，于我是一种更严重的压力。

很快我又换工作到东四环。因为这种资金链关系，我已经赤贫，只能选择公司附近的地下室入住。而他也去租住在我旁边，说是要开始找工作了。

余下的细节不必再赘述。我以两年的时间和金钱，将我的“帮助”饲养为一匹巨狼，而被他以“践踏自尊”的名义反噬。在一次又一次“这是最后一次向你借钱”的哀求而我一次又一次想要拒绝最后又不得不借出的姑息之后，我们之间的关系也终于紧张到我差不多可以成为他的仇敌了。直到后来，东四环清理地下室住户，我不得不搬到旁边小区的楼上住，他帮我搬完家，还想跟我要一把备用钥匙，而我终于坚定地拒绝了他，这种借贷关系，终于告一段落。

在相当长的一段时间，我不能理解的不是他，而是我自己。我为何要反复借给他钱，明知他最终会怨恨我，明知短期内他不可能还款，甚至有可能永远不会还？我一直都不善于拒绝他人的求助，小到深夜两点接听好友充满怨气的电话倾诉，大到被借钱，被侵入私人领域。我被当成人肉百度、二十四小时私人免费心理医生或倾听师、周末全天候玩伴……我享受自身能为他人提供帮助的感觉，但在超过限度后感到焦躁，却无法以温和而坚定的态度解脱，这件事从十几岁起就一直困扰我。而困扰我的，恐怕不是这件事本身，而是其中蕴含着的诸多暗疾。而在跟他的借贷关系中，我也一次比一次更清晰地看到自己内心的那些妄念：

自以为是强者的拯救欲；想要做一个“好人”的讨好欲；以“我对他人有用”而构筑起的价值感；“我必须有用不然不会有人需要我”的恐惧感……

他人能伤害我，是因为一定程度上，我允许他伤害我。我没划清自我与他人的界限，于是他就能混淆彼此的责任。

而他终于像乌头一样，以剧毒治疗了我。

第四章 故人

我们退出彼此人生的方式
是如此自然，
以至难以察觉。

你从我的生活中滑落
滑进只属于你的生活中去
我们没有意识到
那次挽手走过田野已经是
最后一次见面
也好啊，不然我向你提起
你早已释怀的过往
你会笑我，那是我的执念
不是你的
你早已让它们自然滑落
如你 滑落我

与我一起生活在故土的少年和少女，曾经日日黏在一起，后来慢慢失散。我们退出彼此人生的方式是如此自然，以至于很长时间都没有察觉，也许已见过此生最后一面。也可能正因此，旧岁月才无端温柔。

生命的描线师

孩子秉持模糊的天赋而来。在人生的前十几年，生命的模样混沌不清，仅有一团团色彩，而无确定的轮廓。驱使一个人成为自己的力量，最终仍是自己的天性。但，最初你不知道自己是谁的时候，你所处的时代会为你画出大轮廓，父母和老师则会为你描出线条——这本该是多么慎重的事，一笔落错，便无法更改。当然，生命本身并非严苛到毫无缝隙，它留出了容错空间，直到最后，可能是所有“错误”累加到一起，让我们成为自己。

——题记

我天性靠近文学和艺术，这点从识字起就有苗头，到了小学三年级出现作文后，就更明显了。当年我们的班主任同时兼任语文和数学老师，某次考试，我两科成绩居然相差三十分。因为两门课都是他教，责任无处推，只能把他气个倒仰。加上我在学习上一直不是努力型选手，全靠上课听讲和课外阅读来维持成绩，所以成绩一贯在一个区间内起伏不定，自己又满不在乎。

到了小学五年级，教我们数学的老师换成了十队的刘老师。他性格温和严谨，讲课生动有趣，很快成为所有老师中的大明星，所有学生都以数学成绩好为荣，不论成绩好还是成绩差，全体如痴如醉抱着数学习题册做课外延展练习。午饭大家回家吃，都是匆匆扒完，马上跑回学校去做题。有些学生会直接聚到刘老师的办公室去，等他吃完午饭回去，桌旁至少攒起了五六个小脑袋。能替刘老师批数学作业，成了令人艳羡的工作。我大概也就只有一两次这种荣幸。

因为刘老师，我们小学的数学平均成绩突然上了一个大台阶。我小升初时，数学居然差两分就考到满分。这直接导致初一时数学赵老师对我寄望甚高。一旦我成绩滑落到八十多分，他就痛心疾首。

可惜，初一下学期，我们学校把我所在的一五班和我堂妹所在的一三班拆散，分插进另外四个班去。我去了一二班。

一二班的班主任教英语，是个黑瘦的年轻人。初一上学期以严厉著称，每天早读都比学生早到，站在教室门口如半截黑剑，不怒自威，所以一二班当时成绩很好。而分班之后，不知为何他突然松懈了下来，大多数时间对班级事务不闻不问。我脑海中甚至没有任何关于他授课的记忆，仅记得某次我上课时偷看课外书，被他从后窗口拍了一下肩膀，把书收走了，学期结束也没有还我。

一二班的数学老师，原本业务也比较精纯，但刚教了一个月课，就有一位女大学生来实习，数学课便转交给她。那女生圆圆脸，说话柔声细气，坐在第六排就听不清楚。后排男生索性上课起哄气她，有数次把她气出眼泪。而我，从“因式分解”之后，因教室喧闹，便听不清也学不会数学了，加之眼睛开始近视，因为某种奇特的畏惧，也不告诉家人要配眼镜，成绩便愈来愈差。

到了初二，学校又分一次班，赵老师又教回我们。开学先来一次摸底考试，他拿着我三十分的卷子哭笑不得。我原以为可以在他的教导之下把数学补回去，结果不到一个月，他调离了这所学校，去了十几里地外的另一所初中。

此时，我的三门主课中，数学在三十分左右徘徊，英语在及格线附近晃荡，仅剩下一门语文成绩尚可骄人——客观来讲，这没多少老师的功劳。青春期那种饱满得要炸掉的情绪驱使大部分少年少女靠近文艺，而天性使我靠得更近一些：因为大量阅读武侠和言情小说以及古诗词，为侠气、柔情、文字之美所激，我也开始尝试着创作。当然写得幼稚，但已是同龄学生里的优秀者。

我们的语文老师个子高大，有圆圆的肚子和突出的厚嘴唇，讲课慢条斯理，并不精彩。他很少发怒，对学生的捣蛋似乎也无法可施，于是学生们很轻视他，对他布置的事务并不认真，还给他起了绰号。

但他对我却是很好的。说是好呢，多的事也不记得了。留在记忆里的不过两件事：

他要求我们每天写日记，他每天批阅。我是有记日记的习惯的，虽然之前断断续续，但一直在写。只是被老师批阅的日记，是另一本账而已。我一般会认认真真写四五天三四百字的日记，还配上插图，第六天则写六个大字："今日无事可记。"聊以塞责。他批日记到我这里，我很紧张，以为要被他责骂，但他只是把我的日记本摊开在他巨大的左手掌心上，微笑着很快浏览一遍，右手握着红笔唰唰扫动两下就还给我。我一看，"优"！居然还能拿到优！下次，我故技重施，他依然默默批优。

另外一次，学了课文《白杨礼赞》，他要求我们写一篇类似题材的文章。我写了村里的泡桐树，堂妹看了我的文章，就写了路边的小草。他叫我们到他办公室去，拿着我俩的作文，一句一句讲他的看法。我一边听，一边不服气，心里想："哼，你懂得什么！还是我自己写得好！"

但这件事给我留下深刻的印象，因为这是我一生之中少有几次被老师认真地提出写作上的建议。今天想起他来，我时常为自己当年那种莫名其妙的傲慢感到惭愧，也为自己当年跟其他学生一起轻视他觉得羞耻——未经阅历熬炼的心性往往肤浅轻浮，不明白难得的不是才华，而是善良。

初三学校又分班，所有老师全部再换一遍。我的成绩稳定在初二的状态，几乎所有老师都不再注意我。只有一次班里的尖子生去参加全市竞赛，成绩不如意，语文老师突兀地在课堂上说了一句："语文竞赛要是让苏辛去，至少能把平均分拉高好几分吧！"这句话当时令我尴尬，却又如一点火光闪耀于灰色雾气之中。

但语文和政史地，依然不足以拯救我。当年中考后，我自知考得很差，却不得不去学校查成绩。骑车到了校门口，看见英语老师，他抽出成绩单看了一眼，说："二百九十七！"这离当年的分数线差不多有近二百分的差距，我一句话也没说，转身默默骑车回家去。

第一年复读我摔伤了腿骨，只得休学。第二年再去复读。这次，几乎没有认识的同学了。班主任兼语文老师也换成了五十多岁的郭老师，一位身材矮瘦、脑门光亮的男老师。

虽然年纪偏大，郭老师身上却充溢着一股鼓荡的激情，上课时声音洪亮，顿挫抑扬，豪兴遄飞。只是他飞扬的意兴，往往只有前三四排的同学稍加呼应，后面的同学大半已快要放弃学业，看他如此激动，反而觉得好笑。但他从未因此颓丧过。

讲到辛弃疾那阕《破阵子·醉里挑灯看剑》时，他布置大家背诵全词。下课前十分钟验收成果，全班集体背诵了两遍。词本不长，少年人记性好，一句句整齐划一。他听得喜悦，大喝一声："现在，我们把整首词倒着背一遍，可以吗？"有前面的背诵热身，全班人罕见地集体兴奋，大吼回他："好！"于是"可怜白发生。赢得生前身后名，了却君王天下事……"一句句倒回去，很快成功倒背一遍。因为背得顺畅，所有人都大为得意，他开心得脸都红了，让大家又来了一遍。

初三已经不怎么讲课，我们大半时间都是在做卷子，每周写一次作文。每次写完，他会挑五位同学来读自己的作文。从第一次起，就把我放在最后一位压轴。一开始我以为是无意的，后来次次如此，才明白他的用心。

作为别扭的文艺少女，我一直有一种"偏要特立独行"的孤勇。第一次读作文，我就用了普通话——那时候的农村中学，不论授课还是读书，都不用普通话。后排男生觉得我矫情，集体长长地"噫——"我，之后又纷纷发出"喊"的声音。老师在台上扫视后排同学，目光雪亮，带有威压，我则连语调语速都不改变，一直把文章读完。

后面的大半年都是如此。我压轴，用普通话读作文；他点评文章的好处。久而久之，后排男生也都见怪不怪了。写过的作文大半都忘记了，唯有一次命题是《我的祖国》，我将祖国比拟为一位有两条发辫的少女，一条长江，一条黄河，通篇拟人。他听了十分振奋，眼睛发亮，着实把我夸奖了一遍。

又过了一段时间，我课下写了一篇文章投到许昌的一本杂志上，居然发表了。这成了学校里的一件大事。郭老师得知此事，把我的样刊要去，三两步走到校长办公室去。当晚我们正在教室里办联欢晚会，校长大驾光临了会场。我唱完一曲《爱拼才会赢》，校长出来致辞，极力肯定了我一番，连前年告知我中考分数的英语老师也附和说："你作文是写得好。当年每次你的作文出来，我们各个学科的老师都要传看一遍。"

这自然算不上什么成绩。记得这么牢，其实是因为经过了两三年的灰暗时光后，我的自信心已经非常脆弱。少年的自傲发自本能，却无以站立。才华需要被看见，被"强大的大人"看见并肯定。而我的老师，并不需要我亲近他，就给了我他所能给的最大程度的肯定。这对我而言，意义非凡。

第二年，我上了高中，从此没再见过郭老师。

之后的岁月中，我被高中老师说过"你的作文没有灵气"，高考后阴差阳错读了计算机系，毕业后在郑州找不到合适的文字类工作，跌跌撞撞了许多年，却始终有一种不可摧毁的自信：相信自己所拥有的那点才华，不足以惊世骇俗，却应该可以安身立命。这是他们曾为我加固的底气，他们帮我一起画下的线条，笔墨凝重，轻易不会褪色。

练气功的少年

一

快下课的时候，后座男生戳了一下我后背，递过来一根卷成小细卷的纸条：下午放学的事儿，不要忘记了啊。

我回头看他一眼，默默点了点头。

下午放学到晚自习之前，有一个小时用来吃晚饭。同学们回家的回家，去食堂的去食堂，带饭的人也常常去寝室吃。所以，只要耐心等待，总有那么一小段时间，教室里会一个人都没有。

祝安起先是在屋里活动了一下筋骨，然后扎起马步，让我闭上双眼背对着他，站在他面前一米远处。“你什么都不要想，用心感受我手心发出的气流……用心，用心，感受到了吗？”

如他所说，我闭着眼睛尽力感受着。然而，一无所获。

“有感觉了吗？有没有发现一股气流顺着你的脊梁往下走，走到了你的腿上？……没有吗？”

十分钟后，祝安起叫我睁开眼睛，恢复自由行动。他则颓然垂下双臂，额上出了一层细汗。“我功力还不够。你的体质对气功也不够敏感。我再去练一段时间功，过一周我们再试试看。”

进入初三以后，祝安起的学习成绩没有什么起色，却突然开始在教室里打坐。课间十分钟，他盘起双脚坐在凳子上，紧闭双眼，嘴里还念念有词。男生们觉得他这个姿态又好笑又神秘，半信不信地在课间听他传授“心法”——气功是中华武术里最厉害的。练得好了不光是武艺高强，还能治病。他练了半个多月了，已经能感受到一股气流从丹田出发，沿着脉络在全身流动。

我在旁边听得好奇，也插两句嘴，主要是调侃他要变成一代气功大师了——“啧啧啧，半个月就能感受到气流，你是个武功奇才啊。武侠片里咋说的？‘骨骼清奇’啊！”

他看我一眼，笑了笑。“你还别说，等我再练练，应该能帮你把腿治好。”

我完全不信——那时候我已经明白，小儿麻痹后遗症只能在一定程度内做矫正，永远不可能治好。

但是祝安起非常有信心。“就这么说定了！我再练一段时间，就给你发功治治看！”

我跟祝安起从小就认识，因为我们同村，年纪也差不多人。我和弟弟妹妹以及朋友们小时候满村乱跑，闹遍全村十五个队。他家在我八叔家旁边，我们一遍遍路过，早就走得烂熟，也不记得到底什么时候开始的，就已经认识了很多年。

从小学起我们就是同学，但也不经常在一起玩。他不算是个聪明孩子，成绩也一般，令他在孩子群中稍微突出的，是他早早失去了母亲，而父亲又无力再娶。大人小孩提到他，口头上常用的词是“没娘孩儿”。因为没有母亲照顾，他衣服换洗不太及时，脸也不太干净，天冷时常常拖着两条泛黄绿色的鼻涕，他时不时会用力把它吸回去。孩提时代我不识人间疾苦，虽从未欺负过他，偶尔也会嫌他看上去不太清爽。反而是现在，写下当年这孩子的形象，心下黯然。

没有完美家庭、闪亮童年的孩子，依旧会长大。祝安起跟我们所有人一样，一级级地升上去。初二那年，他成为我喜欢的男生锌原的同桌。

我喜欢徐锌原这件事，因为被初一的同桌宣传了一下子，已经尽人皆知。那么为了避嫌，我和锌原就应该互不理睬，于是，我们一整年就只说了一句话。

即使如此，我仍然无法阻止我的心向他靠近——他和祝安起，就坐在我的左后方不远处。无论是从心底还是从眼角，我都无法不留意到他们。

他们之间有过什么对话呢？我并不知道。但是后来，祝安起帮我和锌原传递过两三次礼物——无非是生日时送一个日记本，手工做个小礼物这样，并没有情书。

我跟祝安起略微变得亲密了。

二

徐锌原有几个经常一起玩的同村同学，其中有一个叫徐玉峰。

徐玉峰梳中分发型，发梢常常搭在眉梢，有一点不羁的帅气。他又经常跟另外几个男生一起闲站在教室外的走廊上，冲路过的学生搞点恶作剧。

有一次他守在教室门口，一有女生路过就冲人伸开握紧的拳头——里面是一条活着的一两寸长的小蛇。女生们一边尖叫着骂他，一边飞速逃开。

我没有想到，我的好朋友小秋，居然喜欢徐玉峰。

小秋跟我也是一个村的，又是我初一的同桌。就是因为她非要我帮她借徐锌原的橡皮，我才知道了他的名字。她有一双又温柔又稳重的大眼睛，让人禁不住想叫她“好姐姐”的那种大眼睛。

好姐姐为什么要喜欢“坏”男生呢？

她让我帮她写一封情书给徐玉峰。我以为她在开玩笑，就也半开玩笑地写了，用词近乎大胆——

玉峰：

你知道我喜欢你吗？

每天早上，清风吹过脸庞的时候，我都会想起你，因为你的名字里有“峰”字，因此所有这个发音的词，都跟你有了关联。

……

真心喜欢你的 小秋

洋洋洒洒大概六百字，写完了我给小秋看，以为她会害羞地笑骂我一顿，勒令我重新写过。没想到她读完后说：“挺好的，你帮我送给他吧！”

“什么？”我以为自己耳朵出现了问题，“你确定吗？”

“确定呀，你就帮我送吧！”

“这样真的没问题？”

“没有问题，这封信就挺好的。”

我下巴都快掉了。

因为觉得这封信写得有点“过火”，我暗自怀着内疚，非常痛快地答应去做邮差。当晚放学后，徐玉峰正在教学楼前取自行车准备回家，我凑过去把信塞给他，无视他眼中的讶异转身就走。

第二天晚自习前，徐玉峰塞回给我一封信。

然后，小秋就哭了两节课。

我跟别人调了座位，专门坐在她身边，让她握着我的手哭，心里无限懊恼：大概还是我那封信写得不好，太过了吧。如果写得更含蓄一点，是不是徐玉峰就会改变主意呢？

一两个月后，小秋就退学了。

为了要个儿子，她家一共生了五个女儿，她排行第二。下面还有三个妹妹、一个弟弟。小弟弟我见过，大大眼睛浓密睫毛小小嘴巴，像个洋娃娃，比五个姐姐都好看。那么，是家里没钱供这么多孩子一起读书，才要退学的吧。

跟徐玉峰有没有关系呢？

我到现在也不知道。

三

小秋虽然退了学，我们还是经常一起玩。

大年三十晚上，她到我家来，拉着我的手穿过街上一群群正在放鞭炮、旗花、烟火的半大男生，去她家睡。

在她的小屋里，我们挤进被窝，小小声说着属于我们的秘密。

她说，祝安起半月前到她家来提过亲。

咦？

“我没同意。”她的睫毛在脸颊上投下一排阴影，“我对他没感觉。”

还说了什么呢？我忘记了。只记得深夜快十二点时，母亲打着手电筒找了来，把我从被窝里薅回了家，因为“过年呢怎么可以在别人家里睡”。

祝安起跟我一起升了初三，分到了同一个班。徐锌原被分到了隔壁班，徐玉峰也退学了。

我每天都看到祝安起，但是装作完全不知道他向小秋提过亲。

有一天傍晚，他再一次扎好马步，结好手印，冲一米外的我发功。

十分钟过去，我依然毫无感觉。

他泄了气，收功坐下，说：“没希望了。看来我的功力达不到能把你的腿治好的水平了。”

我安慰他：“没事的，本来也不好治的。你已经尽力啦，我也没想过能成功。”

他从口袋里摸出一颗糖，放嘴里嚼着。“刚才头晕了一下。

医生说我有低血糖，容易晕倒，裤兜里总得装几颗糖备着。”

“那你要多注意身体啊。”

“我也快不上学了。过几天去城里会考完，拿到毕业证，我就下学去打工。”

“啊。”我不知道该说什么。

“我还会继续练功的。万一将来功力强到可以给你治好病呢？”

“是啊，万一呢？”

四

“妈妈，你还记得咱们村的祝安起吗，就北地那个？”

“咋不记得呀！”

“他现在在哪儿呀，干啥呢？我都好多年没见过他了。”

“他爸也走了好些年了。他现在招（入赘）到城里啦，听说在城里做生意。”

“在城里什么地方，做什么生意啊？”

“那我也不知道呀。”

少女天香的情事

一

十六岁少女韩天香收到江淑娜神神秘秘塞给自己的那封信之前，其实刚刚哭过。

初夏的中午太阳已很有威力，盛在瓷碗里的汤面端起来不免烫手，总得先噘起嘴巴吹吹气才能下口。比她大三岁的哥哥却不怕烫，“哧溜哧溜”扒拉了两碗，便站起身去村里的腐竹厂上工。母亲看她一根根地挑起面条晾凉，半天才吃掉半碗，忍不住说：“看你这磨磨蹭蹭的性子！吃个面条都这么慢！学习又不好，过两天中招考试，看你也考不上高中，更别说中专了！早晚也是回来打工！手爪子这么慢，厂里的活儿恐怕干不好。过两年你出门子（出嫁），到了婆家还这么磨蹭，日子可咋过呀！”

这话也不是第一次听，但今天尤其不悦耳一些。天香把剩下的半碗面往桌子上重重一蹾，转身推起自行车去上学。母亲愣了一下，追出门喊一句："死闺女，你还跟我置气了！"

学校离家不过二里地，七八分钟就到了，哭都哭不尽兴。在教学楼下锁车子的时候，她趁机低着头用手绢仔细地揩了揩眼睛。

江淑娜是她前座。纤细的高个子，圆脸，看上去像一朵开在野地里的向日葵。淑娜学习也不好，不过倒不因为这个苦恼，还跟她们说自己母亲的笑话："我妈觉得戴眼镜特别好看有派头，有一次跟我说，淑娜啊，要是这次你能考到班里前十名，妈妈就给你配副金丝边眼镜戴！"一句话说完，淑娜自己、淑娜的同桌苏辛、天香、天香的同桌夏蒙娟笑得趴倒了一片。

女孩子戴眼镜其实不大好看，大眼睛双眼皮的还好，小眼睛的会显得更小。天香想，幸亏自己并没有这个危险。

天香到座位上坐下没一分钟，预备铃就响了。这时候江淑娜忽然扭过身，偷偷塞到她手里一个东西，同时朝她眨了眨眼，意思是不要让其他人看见。

凭手感，天香觉得手里是一封信。不知道为什么，她突然心跳得厉害。化学老师已站在门口等着上课铃响，夏蒙娟一边找昨天的化学考卷，一边跟她说话，她含含糊糊应付过去，自己都不知道说了些什么。

等化学老师开始滔滔不绝时，天香先是偷偷在桌子下伸开手——手心里赫然是一个浅粉色的信封。打开一看，里面有薄薄的一页纸。小心地看了看周围的同学，天香用左手支起左边面颊，左边胳膊挡好老师和同桌的视线，低头看了起来：

牡丹同学：

你好！

请不要惊讶，我为什么叫你牡丹。那天在教室门口的栏杆前，我无意中看见了你的笑脸，就被深深地吸引住了。我问了淑娜，她说，你的名字叫天香。我觉得，你的笑脸比国色天香的牡丹还要美丽。以后我就叫你牡丹了，好吗？

我跟淑娜是一个村的，我叫齐晓宇。我是隔壁三二班的，今年十六岁，听淑娜说，你也十六岁。你愿意跟我成为朋友吗？

为你心动的 齐晓宇

天香的脸颊腾地一下烧了起来。

二

晚自习下课后，淑娜被天香单独叫到了教学楼后面。

嗯，对，齐晓宇是我们村的。是的，他在三二班。他学习还可以吧，中等水平。长得咋样？长得也一般。不好看也不难看，身高一米七三左右吧。为啥你没有听说过他？他就是那种中不溜的学生，没啥特别的，你没注意过他。你给他回了一封信？好，我带回给他。

天香，这是齐晓宇给你的第二封信。你脸怎么这么红？你说要跟苏辛商量下？你确定要跟苏辛说这件事？

苏辛，天香不太会写情书，要不要你帮忙写一封，反正你是咱们班作文写得最好的。

三

齐晓宇：

你好！

谢谢你给我的信。

我觉得我没有你说得那么好。我眼睛不够大，个子不够高，脸又太圆了，学习还不好。

你说我像太阳下的一朵牡丹花，你太夸奖我了。如果一定要把我比喻成一朵花的话，我想，我可能是一朵野菊花吧。没有那么漂亮，朴朴素素的就很好了。

我觉得我们可以做朋友的。

中招就要到了，好好学习，争取考上一个好学校吧！

韩天香

齐晓宇：

你好！

淑娜说你最近学习很努力，在为中招做最后的冲刺。我觉得这样很好，我相信只要你努力学习，肯定能考上县里的重点中学。

我最近也更加努力了。每一节课都很认真，老师讲卷子的时候也尽量不漏过一句话，可是就算这样，也不是每一道题都能理解。不管怎样，能提高一分是一分吧。

不知道你是怎样的人。你喜欢打篮球吗？下午的课间操时间你会跟其他男生一起在操场上打篮球吗？如果你打的话，我会去看的。

韩天香

晓宇：

你好！

谢谢你送我的软面抄！我用它来抄英语题目和汉语成语了。

你说我有非常特别的、牡丹一样的气质，我觉得你还是夸张，其实我真的没有那么好，我就是特别普通的一个女孩子。只是，听了你说的话我还是很高兴。

不知道为什么你很少说起自己。昨天下课后我没有回家吃饭，专门去操场看男生打篮球了。我大概认识一半的男生，另外一半不认识。我不知道不认识的那一半里有没有你。

淑娜说你是因为有点紧张，所以不好意思告诉我哪个是你。其实不用那样的，我们已经是朋友了，对不对？

天渐渐热起来了，也要注意身体啊。

韩天香

晓宇：

我真的很想认识你。

我们都通了好几次信了，已经是很好的朋友了。有的时候，我会想，我们很可能擦肩而过了很多次，而我却不知道那是你。每次想到这里，我都觉得很尴尬，还有点难过。如果我们真的是朋友，我应该认识你，对不对？

最近我不太想学习了，每次做题时都会想到你，那时候就会觉得心里痛起来。

我用一块钱的硬币和丝线绕了一个挂坠，请淑娜带给你。

天香

四

牡丹：

最后一次这样称呼你，心里很难过。

再有一个半月就要中招考试了，爸爸很担心我的成绩，觉得我不一定能考上县里的重点高中。他说，新疆那边的分数线很低，以我的成绩，在那边上个重点高中很轻松。从这个学期开始，他就一直在找人把我的户口转到那边去，最近总算成功了。

我要去新疆上学了。我一点都不高兴，前天还在屋里大哭了一场。很丢人。我不能违背爸爸的意思，他也是为了我好。可是我真的舍不得你。

我想了很久，离开这里之前本来应该见你一面，可是，如果现在见了你，以后都见不到了，让你再想着我，对你也不公平。那我们就不要再见面了吧，你也好忘了我。

我特别开心最后在这里的日子遇见了你。你那么美，那么可爱，牵动着我的心。

没有我的日子里，你要好好照顾自己。知道吗?

我会永远想着你，祝福你。

想你的 宇

五

我是苏辛。江淑娜的同桌，韩天香的斜前桌。

二十年过去了，我几乎已经快忘记了韩天香是谁，但偶尔回想起那遥远的、好像上上辈子一样的中学时代，她那张圆圆的宛如白描牡丹的脸还是会浮现出来，勾起我内心的几缕愧疚。

中学时代我是个创作欲极其旺盛的人。可能是因为青春期实在太漫长太敏感了，内心的各种情绪每天都像黄河巨浪一般在奔腾、咆哮，偏偏巨浪中的每一滴水都那么鲜明。我只能用文字把它们表达出来，或直白或隐晦，或诗歌或小说。青春铺天盖地而来，而我无力应对，本能地把文字当成了一条独木舟。

它能渡我到哪里去呢？我不知道，但坐在小舟里的时光，我是安心的。

初二的时候，我喜欢上我们班的一个男生。初三时，他成了“隔壁班的那个男孩”。他坐在最后一排靠走廊的窗户边。每次从他窗口经过，我都又羞又怕，所以永远都是唰地一下跑过去的。

我想给他写一封情书，却不敢。万一他读了信，觉得我是个坏女孩怎么办？万一，哦不对，他应该本来就是不喜欢我的，到时候直接回信告诉我这件事怎么办？真是惆怅啊。

我的同桌淑娜、后桌夏蒙娟、韩天香看起来都是特别单纯的女孩子。有一天，看着天香圆圆的笑脸，我突发奇想，跟江淑娜密谋：“不如我们来逗逗天香玩。”

于是我挑了一页男孩子有可能会用的、以蓝色为主的信笺，把自己的字体变得方方正正又写得大大的，装成男孩子的笔迹，给天香写了第一封信。

我以为她会看穿这个小计谋的。因为平时只有我会叫她“牡丹”——“天香”可不就是牡丹吗？然而她没有发现。她相信了齐晓宇的存在，向淑娜打听他的情况，十分认真地要给齐晓宇回信。因为没有类似的经验，她甚至选择了把这件事也告诉我，好让我给她出出主意，或者干脆帮她写封回信。这让我无法马上结束这个游戏。

我跟江淑娜一起，虚构了齐晓宇的一切：他跟江淑娜是同村的，但是不同组。他们小学时是同学，可是没说过几句话。他个子中等，现在一米七左右，成绩中等靠下，但是学习很努力。他有一个妹妹，今年上小学二年级。他爸爸是货车司机，最常去的地方是新疆。

他们来回通了三四封信，两周时间过去了。天香每天都要跟淑娜说起齐晓宇，脸上的笑容越来越羞涩，也越来越甜蜜。现在，她对齐晓宇的存在深信不疑，唯一的疑问只是，他为什么还不来跟她见面。

起初我们说，他害羞。后来我们说，他紧张。但是天香说，我又不是老虎，我会吃了他吗？她甚至发怒了：如果他这么胆小，我看还是不要再喜欢我了！

怎么办呢？我变不出一个活生生的齐晓宇给她。这本来只是一个午后的玩笑来着。黔驴技穷，只能祭出终极大招：搬家。于是齐晓宇跟随他万能的父亲，在中招考试前夕，迁到了容易考入重点院校的新疆。

我要感谢那个没有互联网、没有手机的时代。那时候一个人想要消失，就可以泥牛入海，永无消息。

收到最后一封信，天香哭了。我永远无法忘记那个晚自习的课间，她读完那封信，眼圈一下就红了，两颗豆大的泪水马上滚落下来，跌到嘴角。

我和江淑娜都惊呆了。第三节课我们都没有上，陪着天香在校园前面的麦田旁坐了半天。银色的月光落在刚刚灌浆的麦穗上，麦浪起伏，幽光波动。月光下，天香的眼眉不再像白天那样平庸，第一次，我发现她有了女性的风情。

当天晚上，我和江淑娜约定，永远也不会把这个秘密说出来。

齐晓宇是存在的，他就在新疆的某个初中学习。只要不出意外，他一定能考上那里的重点高中。将来，甚至可能考上更好的大学。他今年十六岁，身高一米七，到二十岁的时候，他可能会长到一米七八，甚至一米八。

他是个知足的男生，将来可能会成为一个性情平和、知足常乐的男人。他对人生没有那么多挑剔和不满，很有可能组建一个幸福的家庭。最重要的是，不管距离多远，时光多么漫长，他将会永远怀念着天香，那个让他第一次动心的女孩。

两个月后，中招考试结束。我以十分之差落榜，选择交高价进县城高中读书。从此以后，我再也没有见过韩天香和江淑娜。

当时明月在

一、雪狮子

赵青松“大字”写得好，全村人都知道。

十岁开始，别家去买现成的对联时，他父亲就只买点红纸，回家用白色棉线裁开，铺在案子上。赵青松凝一口气站好，端端正正把大门口、堂屋门口、厨房门口、院墙上、猪圈上要用的对联都写好。

赵青松画画得好，朋友们都知道。

他来我们家，用我买的一面光滑一面粗糙的有光纸和水粉，画了一幅《猛虎下山图》。专攻“美女行乐图”的我看了，撇撇嘴说：“像是像的，就是缺点神韵。”赵青松笑笑，洗洗手就走了。我就用牙膏把画粘到床头墙壁上，贴了很久，直到后来要搬到新房子里住，画实在揭不下来为止。

那年冬天，照例又下了大雪，积雪半尺深。我从房檐上敲下一根“冰凌棍”，放嘴里嚼得“嘎吱嘎吱”的，弟弟跑回家来说：“青松哥在他家门口的水沟里，用雪塑了好几个雪狮子！”

“啥？不是雪人？”

“雪狮子！三四个！两三个小的，一个大的！身上的毛毛都是卷卷的！可真，可好看！”

他打个转，又跑走了。

是寒假，我忙着在家看小说看电视，还没来得及去参观雪狮子，太阳出来了，雪狮子化了。

赵青松经常来我家玩，主要是找我弟弟。我父亲从不拘管任何在我家玩耍的孩子，哪怕闹得快要把房子拆了。他甚至还主动为大家创造过在我家玩的条件——比如用几条木板拼了一张乒乓球台，架在做红薯淀粉的水泥池子上，又给我们买了几副球拍备用。再说了，那时候，我们这些孩子总是跟同伴混在一起，三三两两，啸聚成群：扔沙包，捉迷藏，打仗，讲故事，下棋，上房，爬树，跳墙……做一切能想到的事。我跟赵青松因而也非常熟悉。

后来我们都上了初中，有时候我会走路去上学。他骑车碰到，只要后座是空的，就会捎上我。当时的自行车都是二八加重的，想坐上后座，需要一次小型助跑和起跳，有一次我跳得太猛了，坐是坐上去了，却把他和车子一起带倒了。我很尴尬，他站起来把车子扶好，说：“这次你先坐好，我再骑。”他扶车扶得很稳，我坐好了以后，他左腿蹬一下地，右腿再骗上来。我们稳稳地走了。

那天晚上放学，是婕妹骑车带我。

二、槐花院落

科学家们研究说，人类在四至六岁之间，大脑有过一次大清洗，之前的记忆多数被清空了，所以我们无法记得自己是如何认识当时身边的亲友的。

我当然也不记得认识婕妹的情景。关于她的最早的记忆，已经是四五岁时我和弟弟两个人一起跟她打架，齐齐被挠了一脸“萝卜丝”回家，转过头又跟她一起打着纸灯笼走在落了薄薄雪花的路上，我手里的灯笼歪了一下，燃烧了起来。

婕妹是我的堂妹，说是堂妹，也不过比我小六天而已。婶婶嗔过她：“谁让你懒，不然你本该是她姐姐的。”但婕妹从不叫我姐姐，只有一次为了制止我弟弟淘气，说：“你别再气咱姐了！”因为惊奇，我大笑了半天。

婕妹家院子里原来有一棵歪脖老洋槐，春天满树白花，如一挂挂珍珠，院子里都是清香。这棵树不用爬，青松他们都是先在树下加把劲儿，攥着拳头沿着树干一路小跑直接上到分叉处。过了此处再向上才考验功夫。即使这样我也不行，只能仰头等他们折了槐花扔下来。某个月色昏黄的晚上，青松就坐在树杈上，给我们讲“狼外婆”的故事。故事里的两个孩子后来就是爬上树去逃命的。这让树下的我听得两股战战，几欲先走。

初中时婕妹家砍了这棵树，重新种了几棵只有手腕粗细的小洋槐树。树虽然小，却毫不吝惜力气，依然开出很多花来。我常常和婕妹一起坐在树下读小说，花开老了，风吹过时花瓣会悠悠地飘落下来，落在我们的头发和衣服上。

那时候我们常在一起读小说。从武侠小说到言情小说，来者不拒。又因为总是一起上学放学，为了多谈谈天，我们甚至推着车走路回家。一路上多是我搭着她斜斜的美人肩口若悬河，从天文地理到诗词歌赋说个没完，她专注地听，偶尔说点自己的看法。

那时我已经开始了自己的“创作”生涯，写一些有头无尾的武侠、言情小说，在同学之间流传。婕妹是最早的读者之一。后来她也开始写，题材跟我的差不多。我初中的笔记本上，至今还留着她拟的小说题目：“疤女泪”“樱花深处人孤独”。

婕妹喜欢跟我一起看小说，也喜欢晚上到我家看电视剧。十点,婶婶会来叫她回家。“还不走吗？在别人家一直待着干啥？快回家！”婕妹不说话，也不动，婶婶站一会儿回去了。十点半又来。“十点半了！还不走！”伸手拽她，婕妹才猛地站起来走回去。

那天我们一起回家，婕妹说：“张西家搭了秋千，明天去她家打秋吧。”

三、带我去月球

第二天是周日，整个上午都在下雪，中午雪停了。晚饭后我和弟弟一起到张西家时,婕妹和她弟弟还有青松都已经在了。

张西家有两棵一抱粗的白杨树,间距之大,非常适合绑秋千,所以时不时就会绑起来。这次的秋千跟之前一样，用的是一握粗的牛皮绳，坐板上特意绑了棉垫。

“今黑有点冷啊，你们还打秋？”张西的妈妈问我。

“冷怕啥，打起来还热呢！”婕妹说。

张西比我小三岁，她弟弟张南小她五岁。她是我们之中绝无仅有的从来不跟弟弟打架的姐姐。张南虽然小，全身上下每一个毛孔却都散发着机灵劲儿，时常把姐姐气得不轻。但她从不揍他，最多瞪上两眼。这点我是很佩服的，因为我差不多每天都要跟弟弟对打一次。

张西家是我们的又一个据点。那年暑假我们在她家迷上了下跳棋，一晌一晌地研究那些花红柳绿的玻璃珠。最后发展到对现有的难度不满足，两人或四人对战时，还要在棋盘上把闲置的棋子摆成两排路障，故意挡住自己的（对，不是别人的）去路。

我也是在她家，看了很多本武侠小说——她爸爸也是武侠小说爱好者：金庸的，“金庸新”的，古龙的，梁羽生的……有很多次，我到她家去，只跟她家人打声招呼，之后就拿起一本书把头埋进去，到了饭点儿放下书回家吃饭，饭后再接着回去看书——自然，我所有的朋友到了我家，也全部可以如法炮制。

张西吃完了饭，洗过了碗筷，月亮也亮起来了——这天应该是农历十五，圆月早早就在天边挂着，被雪擦洗过的夜晚的天越来越蓝，它也越来越亮。

“开始吧！”

“打秋”有一种高级的玩法：两个人手握绳索，面对面站在坐板上，依次用膝盖发力，一上一下把秋千荡起来。配合默契的话，秋千会越荡越高，越飞越快，其时耳边风声呼呼，近似飞翔。打秋的快感，莫过于此。

站着打秋对胆量和技巧的要求都高一些，并不是人人都会玩。一般人还是要靠别人来推自己。

张西和婕妹先来了一轮站着的，姿态美妙，几与云齐。

青松和我弟弟也跟着来了一轮，他们飞得更高，速度更快，力气也好像绵绵不绝，不打算停下来似的。我在旁边等得着急，大喊：“停了吧停了吧！该我了该我了！”

终于轮到我。

我必须靠他们送我上去。这次人手充足，左手边站着婕妹，右手边站着弟弟，背后还有青松。

我深吸一口气，兜住坐板握紧绳索向后退到无可再退，双脚轻点一下再抬起。“呼！”风声响起，我飞起来了！

飞到顶点，迅疾落下荡回原处，青松推我一下后背，弟弟和婕妹每人再各给绳子一把力，这次，我飞得更高！那个饱满的、明亮的、巨大珍珠一样的月亮，就在我脚尖上。

风冷极了。我的手也冷极了。但是我的笑声，完全停不下来！

呼！起了！

（两年后青松拿到初中毕业证就出去打工了。你很久没有再见过他。后来他回到这里，娶了妻生了子，好像没有再画过画。二十年后你跟父亲说，北京有几个艺术村，说不定他可以来这里搞艺术。父亲说：“不要多生事。”你想也对，你不该以自己的标准，臆测他人的生活。）

呼！落了！

（两年后，婕妹也出去打工了。先去郑州做保姆，回来时带了一罐咖啡，你们俩郑而重之地冲泡了。“也就这样啊。”后来她远嫁江西，很快生了你的大外甥和小外甥。间隔几年，你们会见到一次。那天你整理东西，翻出日记本上她列的书名，拍照给她看，她说：“说这个干啥。”风暴在你看不见的地方，不可妄拟。）

呼！起了！

（八年后，你患病的母亲晚上到张西家大闹。不久你父亲将租在她家场地上的电锯生意转给了手下的伙计。你和张西并未因此事生出芥蒂，但你们各自奔赴外地求学。你上一次回老家，在街边碰见她母亲，她满面愁容。“你也没结婚？张西你俩是咋想的啊，不知道着急？”）

呼——

呼——

呼——

呼——

你伸直的双脚，又一次踢到了湛蓝空中那轮滚圆的月亮。

第五章 故土

我写下的事物
已经被取代。

故土的意义，或许就在于“故”。

自读高中长期住校起，与土地、庄稼、乡村就渐渐拉开距离。然而幼时打过滚的黄色土地，屏息蹑足捉住过的菜粉蝶，亲手用镰刀割下的麦穗，从白杨树金色叶子里望见过的夕阳，后仰着身子坐在平房屋檐上荡着双腿看见的蝙蝠，不能忘。

忘不了，所以写下来。

有人说，乡村生活并不美好，更不值得歌颂。美不美好，要怎么去衡量呢?

荒蛮里往往藏着猛烈的力量，又颤颤巍巍噙着某种一往无前的生气，像蓄满了一闸水的堤坝。一旦喷薄而出，却会在巅峰时期呈现虚弱之象。

我的故土，那个位于中原腹地的小乡村，在我生命的起点，生机勃勃，有趣有味。那也许是它难得的黄金时代：完完整整承载着所有由它哺育出的年轻人，而他们也将所有的力气，归还到它身上。

之后，他们开始一个个，然后一串串，最后一群群离开它，去了城市。或者就此在异乡扎根，或者若干年后像一枚干瘪的果核被吐回。而失去了年轻人的乡村，像一个敞着口的皮口袋，空空荡荡，承接的只剩下灰尘。

是啊，我写下的事物已经被取代，像新一代的孩子已经取代当年的我们。

粮食

在各色自动化播种机、收割机出现之前，地里生长着的那些作物，从播种到收获，几乎都分配有特定的动词，以精练著称的汉语，在这个时候大方得近乎奢侈。

立秋之后，秋分之前，玉蜀黍（玉米）成熟。掰完了玉蜀穗儿，砍了玉蜀秆后，田野会清净一阵子。砍后的玉蜀秆只剩下短短几厘米的一小截，根须纠结如龙须，深深扎入黄土，得蹲下身用专业的玉蜀铲剜掉。玉蜀秆抱回家，粉碎一部分垫在猪圈里，一来为猪的冬日保暖，二来沤粪。另一部分作为烧火的材料。有的人懒得把秸秆弄回家，就会点火烧荒，于是黄褐色的土地上，隔不远就灰黑一片。之后，家家户户都得用架子车把沤好的农家肥拉到地里，先是卸成小堆，再用三股分叉的粪叉散开。接着犁地，把粪肥翻埋到土中，为耩冬小麦打好基础。

过了白露，不待霜降，二五 伙的村人就推着耧，拎着一袋麦种下地耩麦。拉耧是体力活儿，总得三个人。每人肩上一条宽襻带，系在耧车上，把自己跟土地斜成一个锐角，调出全身力气拉着耧车前进。后方一人扶耧掌控方向，另一人随时补充麦种。一亩地大概要用到十二斤麦种。下完麦种浇一次水，天公如果识趣，这时候最好下一场雨。五六天后，娇嫩的麦苗就探出绿尖尖来。过几天，我们会去地里看看有没有断垄缺苗的。麦苗总是按照事先打好的笔直的垄线生长的，偶有一两处稀疏不妨事，总要缺了一二十厘米才补种。

这时差不多也已经是初冬了。冬日的田野其实也颇可赏玩。地边多种白杨，冬日里几乎脱光了叶子，唯有树顶还零星点缀几片，跟疏疏朗朗的枝条一起衬着尤为干净的蓝天，是一幅笔墨省净的钢笔画。麦苗也不是同一种单调的绿，忽而墨绿，忽而草绿，逆光看去，更是娇嫩如碧玉。地畔随处可见各种干透了的野草野花，棕褐黄红，色调沉重丰富又安静。偶有一群白羊、黑羊、灰羊在麦田里悠然啃食，田主看见了也不会驱赶——立春之前麦苗禁得起随意踩踏，牛羊啃食反而有助于抑制它们过早旺长，夏收时麦粒会更饱满。

经过一个冬天的沉默，春天的麦苗长势凶猛，返青，拔节，孕穗，抽穗，开花，灌浆。老农说“谷雨扎肚立夏穗齐”，谷雨前后麦粒灌浆，到了立夏，每棵麦子都举着一束带有青青芒刺的麦穗，沉静地站成一片，将初夏阳光筛成极细的微芒。到了小满时节，麦粒差不多就长足了，饱满沉实。此时母亲下地干活，常会揪一把青麦穗回来。尚未干燥的麦芒并不像想象中那样扎手，直接把麦穗放在掌心揉上几揉，颖壳和麦芒就被揉脱，再用嘴吹飞它们，掌心就剩下一把柔嫩的青麦粒。如果量大一点，还可以放在簸箕里揉，揉好了把壳子和芒刺簸出去就好。青麦粒可以直接吃，味道清甜，带有青苗特有的香气，口感柔嫩软韧。但我们更多的是炒来吃，不用油，在铁锅里干炒，稍稍加点盐，炒熟后清香嫩韧，有谷物特有的芬芳。也有人直接用麦穗干炒，炒好了再去壳。这是农人才能吃到的恩物，每年只嫌这段时光太短，吃不了几次，麦子就要真的成熟了。

芒种将至，为了防水，生产队组织每家献出一口水缸，围着麦田隔几米就放上一口。缸里盛满了水，几天后会生满红线虫和孑孓，在微绿的水中屈曲游动。有人种了十几亩油菜，小满时收了，暂时空着，于是拿来做打麦场。需先用耙子把地反复耙松，之后打好地平，再洒上水过一夜，次日吆喝来几头牛，拉上石磙来回压地，务使地面平整坚硬，才好打麦。

打麦之前先是收麦。在联合收割机出现之前，割麦是个苦活儿。麦子一旦成熟，需要及时抢收，收得晚了麦粒会自行脱落，造成减产。如果决定了割麦，头天下午父亲就会把家里所有的镰刀都找出来，磨得雪亮。第二天清晨四五点，全家人便起床下地去，趁着清晨露水未干，麦秆水分充足，一镰下去刀感十足，比白天经过阳光暴晒后干燥了的麦秆好割一些，另外白天实在太热。割麦讲究穿长袖，一来防止芒刺扎人，二来防晒，长时间暴露在阳光下，胳膊会被晒伤。大人割麦沉住了气，蹲下身去，再抬头喝水时已经割掉了半垄。孩子有时在后面捆麦捆——拢好一小捆割好的麦子，从中取一二十根分成两束，穗头相交扭结好，秸秆用来捆住麦捆，末梢再扭结，一个麦捆就做好了。捆好的麦捆装满车送到打麦场自家分到的地方去，麦穗朝里，堆成一个大麦秸垛。晚上每家会派一个人睡在场上，防盗倒是小事，主要是防火。

身为农村娃，八九岁就有可能下地去割麦，多半是孩子心性好奇好胜，家里也不认真当个劳力用。逞能的孩子差不多都有过被镰刀啄住脚趾头血流如注的经历，家人会就地取一把黄土捂住伤口。说起来好像不卫生，但伤口确是很快就好了。更多的时候，孩子被留在家里做饭烧水，不时往地里给大人送水送食物，晚上大人干了一天活儿回到家，有口热饭吃，就觉得很满足了。

场地也是孩子的乐园。一个个麦秸垛是女生们用来练倒立“上墙”的绝佳场地。男生们则在麦秸垛的掩护下打仗、捉迷藏。月亮大的晚上，在场地上嬉笑打闹可以到很晚。我则喜欢寻找燕麦——老家视其为野草，呼为“老鸹麦”。成熟后的燕麦呈黑褐色，有两根长长的绞拧着的长芒。沾上口水，扭结处就会缓缓松弛，而芒刺如时钟分针一般慢慢旋转起来。这是我看不厌的植物舞蹈。

打麦是需要协作的。同一个生产队的住户抓了阄，分好工，就按照次序和安排，互相帮忙打麦、扬场、灌袋。打麦有专用的打麦机，麦穗匀速填进去，机器就轰鸣着，一头儿喷出金色的麦粒之泉，一头儿喷出金色的麦秸秆。另外一侧张一张大网，有人用木锨把麦粒扬起来抛上去，来过滤大颗的土石和秸秆。初步过滤后装袋运回家去，再摊在屋顶上晾干。如果要磨面用，还须再细细地用簸箕簸扬，人工捡出细小石子等杂物，才算真的干净了。

收新麦，大人往往会下意识地往嘴里塞一小把麦粒吃。我也好奇试过。新麦粒散发着干蓬蓬的麦香，嚼多一会儿，有新鲜的甜味，略黏略弹，像嚼一小块口香糖。

收完新麦过几天，就要“点”玉米了。

打好垄，父母都扛上锄头，我和弟弟一人拎半口袋玉米种，屁颠屁颠跟着他们下地去。用锄头刨出一个坑，每个坑里丢三粒玉米种，盖好土。过五六天来看看出苗情况，决定是否需要补种。等苗再大一点，还要拔掉那些弱苗小苗，只留下健壮的。

种玉米的事儿要少得多。它抗旱，不需要浇太多水，病虫害也不太多，无非过段时间需要除除草。就看它由小而大，慢慢长到近两米高，秀出一把小扫帚似的雄花，慢慢地，怀里掖上几颗“手榴弹”，“手榴弹”又渐渐伸长加粗，成熟时差不多有尺多长。

玉米大概在中秋节前彻底硬化成熟，而嫩玉米棒子秋分后就可以掰来煮着吃。这种玉米与城市里卖的煮玉米口感很不同，不那么甜，但有一种更为结实的温暖的香，也不粘牙。当然，玉米越嫩，味道越甜，越接近成熟，则越香。相较之下，吃这种玉米尤其觉得满足。

掰玉米是个苦差。其时秋老虎正猖獗，却不能图凉快穿半袖去，必须是长袖衣服。因为要钻进玉米地里，又宽又长的玉米叶子边缘有许多小锯齿，会在裸露的皮肤上割出无数细小的伤口，被汗水一浸，杀得人难受。玉米地里又闷热，掰一阵子总得出来透透气。

额外的馈赠，是找到没结玉米棒的“哑巴秆”。与普通玉米秆相比，它们常常颇为纤瘦，光滑碧绿的秆子上往往还有一抹红色霞彩。营养没有用于供养后代，就都积聚于秆子内化为糖分，汁液甘甜饱满，刷掉叶子劈掉表皮，就可以咂食，风味不输甘蔗，甚至多一点轻盈爽朗。

玉米棒是带着苞叶一起掰掉的。运回家后，先要撕掉最外层比较硬的表皮，留下内层那几片洁白柔软的，就可以用它们把玉米一穗穗地像编麻花辫一样编起来，编成一大串后，挂在房檐下、树杈上晾干。我的儿童时代，家家屋檐下、院子里、树上，都挂着一串串金黄色的玉米串和火红的辣椒串，衬着灰砖、蓝天，实在富有明丽的美感。

晾干的玉米棒，还需要手工抠掉玉米粒，才能拿去磨粉食用。新玉米刚下来，全家会集中抠一批玉米粒，之后就是每天晚上没事时就端出一些玉米棒子，边看电视边抠。饱满的玉米粒把棒子挤得一丝缝隙也无，抠起来其实是很难的，需要动用螺丝刀。先用螺丝刀照着一列玉米粒冲开，留出一行空，再用手掌边缘一列列把玉米粒搓掉。很快，手就又红又热，甚至会肿起来。这时我们就得去找一根抠光了的玉米芯，表面越糙越好，用它来跟下一根玉米对搓，对手掌友好一些。这工作我是很不喜欢的，哪怕是全家人围着电视机很温馨地干活也不行，太磨性子了！现在有了联合收割机，一趟开过去，一边出玉米棒子，一边就把玉米秸秆粉碎后翻进了地里。家里人再也不用抠玉米了。

据说很多地方种玉米都是作为饲料或工业原料来用的，我们老家却是认真地当作日常主食。村里人一日三餐，有两餐都是玉米粥——老家叫作“糊涂”。新玉米粒打成的玉米糁，煮出的“糊涂”尤其香。“糊涂”要想煮得香，也是有诀窍的。首先是，玉米糁不能下太多，稀稠要适度。撒的时候宁可稍微稀一点，因为煮煮会变稠。太稠了就会成为一团糨糊。下完玉米糁，要用大火煮，锅里翻江倒海波涛滚滚，煮个七八分钟，看“糊涂”渐渐黏稠了，再转成小火，熬个三五分钟，就好了。像大米一样，玉米也是有油的。静置一两分钟，“糊涂”表面就会结出一层薄膜，配上家里自制的拌了辣椒油、香油的芥菜丝，再加一张刚烙好、喷着面粉香味的白面烙馍，温厚配以脆爽犀利，就是我神仙也不换的一餐。

红薯

早年除了种地，农民其他赚钱的门路有限，于是种了许多杂七杂八的东西，既可做食物调剂，多少也能有点收入，其中红薯是一个大头儿。我老家的红薯粉条驰名河南省，算得上是名产。

儿时几乎家家都种红薯。红薯喜沙土地，所以多被种在岗上——老家有一道海拔约四五十米的岗，俗称狼冲岗，县志上又说叫“琅城岗”，大约是后来的雅化。但雅得这样俗，倒不如狼冲岗好。又有人说它原本是叫狼虫岗，狼是群狼，虫是大虫，也就是老虎。可见当年狼虫盘踞，颇为可怖。但现在早已是村连村地连地的好地方，无非是比平地略旱些，更适合种红薯、玉米等抗旱作物，早些年岗上的闺女也更愿意嫁到平地来而已。

初春清明前后，家家户户都去地里撅起屁股栽红薯。按直线打好垄，均匀地挖坑，再把红薯苗摁进坑里，每个坑里点入定根水，再掩上土就成了。红薯命贱好活，不几日根就生牢了，一片片绿心在田里招摇。

夏季是红薯藤的生长旺季，要经常去翻藤和截头，避免藤子长出不定根来，导致红薯产量下降。截得的藤子拿回家又可以做菜。红薯藤上自然长满了红薯叶，每一个红薯叶都有长长的叶柄，这个叶柄柔嫩多汁，呈圆柱形，上有一道凹槽，覆盖着一层表皮。要吃的就是叶柄，在我们老家叫“红薯杆”。把它们从藤蔓上刷下来，一根根撕掉表皮，切成小段，把蒜片下锅爆香，再放入红薯杆炒熟——母亲炒菜就只有两样调味品，油、盐，至多加点味精，吃的就是菜的本味。这是夏天村里的常见菜，尤其是晚上，几乎家家饭桌上都是它。暑假的下午，也常见小孩子歪歪扭扭骑着比自己还高的自行车，下地去刷红薯杆。后来我见四川人常直接截取红薯藤的整个尖尖，连梗带叶一起清炒入馔。这种红薯尖吃起来跟我们家的味道颇不一样，几乎不像是红薯叶。

红薯叶也不能浪费，可以下面条。口感柔嫩，近乎入口即化。我却并不喜欢，尤其讨厌母亲做的只有白面条和红薯叶的面条，连油都没有，只下一点盐，寡淡不能入口。但红薯叶的妙用在秋后。秋天收了红薯，扛上一些红薯藤回家，搭在墙头上，过上一夜，经了霜，变成黑色，晾干后当作干菜储存起来，吃时用开水浸泡半小时，拿来下面或跟任何油脂丰富的菜搭在一起，清香又耐嚼。前年朋友母亲给我留了一些，带回北京后，拿朋友给的腊鱼跟西芹炒菜，佐以黑红薯叶面条，三省（湖北、湖南、河南）女性都大快朵颐，甚是满意。

霜降前差不多可以出红薯了。据说出红薯前，家人会到地里看看，红薯根部的土是不是被撑裂了。如果有裂口，就扒开看看是不是足够肥硕了。一开始出红薯用的是钉耙，近似于《西游记》里猪八戒背的九齿钉耙。下耙时要离主根有点距离，也不能用力太狠，避免把红薯拦腰截断。绕红薯根刨几下，就可以用耙齿向上一兜，一大嘟噜紫红紫红大大小小的红薯就被连锅端了出来。红薯这种东西，出一遍也不能完全干净，总会有漏网之鱼。所以集中出完以后，家里的老人孩子会拎上篮子再去“遛”一遍。等我十几岁的时候，出红薯就用上了机器。当时，只见驾驶员神气地坐在车头里，握着方向盘一直向前开，身后土浪滚滚，翻开的泥土散发出浓郁的土腥味——或者说土香味，身后跟着一群小孩子——地里能翻出来的东西可不只是大红薯，还有各种大大小小的虫子、蛹，乃至不可思议的被遗忘在土里的手表、玩具、一块钱硬币等等。寻宝记就在此时上演。最常翻到的就是蛴螬，肥肥白白的，憨态可掬。

我们的红薯多是白心的，皮与瓤的交界处有一圈玫红。这是淀粉用红薯，跟城市里流行的黄心、红心烤红薯不是一个品种。生红薯可以直接剥掉皮啃着吃，淀粉含量越高口感就越艮，水分多的则更脆甜一些。最通常的吃法还是蒸或煮。家里吃红薯都是选小的，称之为“老鼠儿子”红薯，熟得快，味道也好。有些家长有心，夜里把煮熟的小红薯围着灶口摆一圈炕着，第二天孩子上早读时就可趁热摸两块走，一边取暖一边当早饭吃。这样的炕红薯，口感更加筋道甜蜜，非常受欢迎。另外就是切块煮红薯粥。

当时每家收获的红薯都有两三千斤。一般会留一点自己吃，直接卖一部分，再把另外一部分做成粉条，做粉条的收益最高。我们的粉条色泽黄亮发绿，入口爽滑软嫩，下锅煮后既不会像胶线一样嚼不断，又不会变成一锅烂糊糊。而冬日做粉条的过程，大人觉得疲累，于孩子而言却还是十分有趣。

做粉条前，需先把红薯洗净，下粉碎机粉碎成渣，然后下过滤池，再用大块纱布做成“单子”——其实是用绳子挂在十字形木架上的兜子——四条绳子供两个人对面站着，依靠默契的动作轮流使力，让加了水的红薯渣在兜里滚动，滤出淀粉，过了粗单过细单，总要两三遍才能滤出纯净的淀粉。之后将淀粉挂在单子里过夜以滤净水分和塑形——上方下圆的一大块淀粉就成形了。接着垫上草圈，排排坐静置着，使之变得更干燥，等待更冷的天气来临。

阴历十一月，霜华愈来愈重，滴水可以成冰，就可以开工做粉条了。单独一家是做不成粉条的，总得两三家一起。先找来一个大陶盆，将掰碎的淀粉加上足量温水来“和面”，三四条大汉围着陶盆不断转圈，“杭育杭育”你一拳我一拳捣向淀粉团子，雪白的团子翻腾起伏，似有了生命。不远处则是一米多高、灶口也足有一米的大灶台，灶台上架一口直径一米的大锅，锅里热气腾腾烧着水，有专人负责不断填煤，紧挨着灶台还有一口大锅，里面全是凉水。

淀粉团子揉好了，就团过去给下粉条的男人，那男人左手端一个有帽檐的大漏勺，把一大团淀粉揪进勺去，接着用右手在帽檐处敲击，淀粉就成条漏下去，落入热水后瞬间成为灰绿色的粉条。这时另一个站在锅边的人要眼疾手快地用长筷子把粉条挑起来放进凉水锅里，再一个人须拿一根尺把长的木杆，将粉条均匀地截断后搭到木杆上。其他妇女和小孩儿不断地接起一杆杆粉条挂到另一排架子上去晾着。

白天做好若干杆粉条，夜里还要一杆杆挂到院子里，接受霜冻。这是脱水塑形的重要一步。

霜冻后的粉条要在接下来的一两天里，趁着晴天的阳光晒干。我们小学的操场是个晒粉条的绝佳场所，冬日里常有村民挂起一圈圈粉条晒。过程中，粉条上的霜华逐渐解冻时，要不断用手去理和疏通，也是很冻手的活儿。小孩子下课后会跑去偷一两根已经散开的粉条，在班里的炉子中烧来吃。炉火通红，一小截黄绿或灰绿的粉条迅速膨化成雪白的一段，就可以咬掉吃了，再接着烧。这种烧粉条其实没什么特别的味道，但是很好玩，所以我们乐此不疲。

在粉条成形的过程中，母亲便开始对各种形态的它下手。揪下一团揉好的淀粉，摊在洗干净的煤铲上，放进灶膛里去烧。淀粉会迅速无声地膨胀开，还鼓起几个泡泡，烧熟后外面结出一层薄薄的壳，破开时一股热气喷出，不小心的往往会被烫伤，破开后的内部金黄带绿，很是筋道，有一股淀粉特有的焦香。这东西叫“鳖虎”，也就是我们老家对“壁虎”的称呼。每一杆粉条都会有被截下来的一点头儿，因为过粗而被舍弃，叫“余头”。母亲收集够一两碗，就拌上蒜汁和辣椒油、盐给我们吃。所有红薯淀粉制成的食物，都是她的爱物，但我不太喜欢。我对淀粉类的东西都不太感兴趣。

粉条做好后，可以售卖一部分，留一部分日常吃。吾乡人做烩菜或面条浇头时总爱用到粉条。春节前后更会拿它来蒸焖子。焖子这个东西似乎并不常见，倒值得说一说。做焖子可以选取粉条中较细碎的那些，因为即使用的是较长的粉条，最后也要折断成三四寸长。洗净后下锅煮，煮软就捞出来放凉水里冰着。前一夜就可以取一些淀粉加水搅开，然后静置一晚上，第二天泼掉表面的水，留下淀粉糊，然后混入粉条，加入盐和五香粉搅匀（此处也可以加入葱花、姜末或香菜末，但加了这些后，做出来的焖子不宜久放，天暖时容易变质），之后可以摊在大张的白菜叶或干净白布上，厚度以四五厘米为宜，上锅去蒸。二十五分钟或半小时后，焖子就蒸熟了。放凉后就是一大块灰色固体，吃时可切成薄片，油大一点，煎到一面焦黄，再配上肉和大葱之类爆炒。也可以切片跟肉和油豆腐、海带等做烩菜。总之，只要油大点，随心所欲地怎么做都可以。

焖子有升级版和豪华版。升级版是肉焖子。在混合原料阶段加入肉末搅匀，其余步骤全部相同。豪华版则连名字都变了，称为“卷煎”。卷煎的馅料和前面过程与肉焖子基本一致，只是最后多了一道“裹蛋皮”。鸡蛋液里加少量土豆或玉米淀粉搅拌后，旋出一大张蛋皮，再把肉焖子的馅料放进去，蛋皮卷起来，裹成一条，做上个几条（看你家蒸锅大小），上锅再蒸，也是二十五分钟或半小时即得。做好的卷煎可以切片干炒，也可以再蒸一次后切片来吃，是儿时别家婚宴上的大菜。肉焖子和卷煎大概是我“唯二”爱吃的粉条制品。

红薯淀粉家里也总会存有一些，除了炸东西用，夏日时母亲还做凉粉。烧一锅水，待水开时下淀粉，豪放地用我们家最粗的擀面杖——一只手都握不住，需双手握住，按顺时针方向不断地匀速搅啊搅啊，搅上一二十分钟，颤巍巍地从锅里挖到盆里，再泼上最新的井拔凉水镇凉，凉透后切成细条，颤巍巍地半透明地堆在碗里，浇上一大勺混着红辣椒的蒜汁，再来一勺醋，就是母亲的消暑佳品。

花生

花生要盐水煮的最妙。最好是夏末秋初打下来的新花生，还没有晒干，连壳煮也好，剥壳后煮也好。有人喜欢加几颗八角进去，煮熟了有肉香——八角自带极荤的肉味，无论多清淡的食物煮出来都带肉香，煮肉的时候就更不用提了。我不太喜欢加八角，只是用清水煮，加一点盐。煮得生一点，脆而甜，水分充足；煮得熟了，花生米煮出沙沙的细粒来，脆劲儿没有了，却添了香。总之盐水煮新花生，没有不妙的地方，就连盐的多少都可以不在乎。盐多了咸香可口，盐少了花生自身的味道则会强烈凸显，便是没有盐也是极好的，纯正的花生味带着田野的芳香。

花生从接近成熟起，就没有不好的时候。快熟的时候就可以整棵拔回家，洗干净壳上的泥巴，带壳下锅煮了吃。生吃也好，脆甜，牙齿切入花生瓣，汁水飞溅，像吃某种水果。大人会警告小孩子不要多吃，因为吃多了会拉肚子。然而谁管它呢！

完全成熟后的花生，从秧子上一把一把撸下来，摊在场子或屋顶上晒干。半干的时候就可以摸来吃。失去了一半水分，花生仁略略带了韧性，对牙齿有轻微的抵抗。脆劲儿减弱，却多了几分甜味。这种半干花生，生吃最是美妙，煮熟了就没有这份趣致。

花生全部晒干后就收起来，家里没油的时候可以拿去榨油，同时也是我儿时最常吃的零食。周末躺在床上，在桌角处垫一个枕头，枕在枕头上，手里拿一本闲书，眼睛如被吸在纸上，一眨不眨地向下读。床前必要放一张方凳，凳子上有一杯热茶，一捧晒干后的带壳花生，不时摸一两个来垫嘴。生花生不好去红色的果皮——也叫“红衣”，实际上也不宜去皮，不用去皮。带红衣嚼花生，味道会有点涩和苦。吃得多了，嘴角也会有一点白沫。后来我听说花生里含有某种不饱和脂肪酸，对大脑发育有好处，但我不是为了营养吃它，仅仅因为它是最易得又不用花钱的零食而已。

还有一种吃法是我自创，但相信也有人与我不谋而合。剥一把生花生放到水杯里，冲入开水，最好是刚落滚的，泡上十分钟，再把水倒掉，只留下花生米——水已然不能喝了，红衣里的涩苦味道全都逼了进去。这时可以把花生米上的红皮搓掉，吃白嫩的仁果。经过热水浸泡的仁果白又胖，脆而甜，好似恢复了青春，但又比半干时的果子多一点血气和骨感。不知是否有人跟我同好。

另外，冬季常见的活动是烤花生或炒花生。冬夜漫长，屋里生了小煤炉，家人常一边围在煤炉边看电视，一边在煤炉上烤花生或炒花生。虽然只有一字之差，操作手法却有很大不同。烤花生动静小，产量也低。往往只是随手抓几把过来，放在煤炉盖子的边缘，眼看着壳子变灰变黑，翻转几下，几分钟便烤好了。这类烤花生因受热太快，往往并不十分熟，人也等不及放凉，烫着嘴就吃了，但不论是烤花生还是炒花生，终究都要凉了才会脆香。炒花生则要动用到锅。铁锅里放半锅或三分之一的细沙，再放花生加热翻炒。加了细沙自然受热均匀，花生不容易糊。烤花生是常常糊的。因为冬夜无事时便炒花生，所以冬天到谁家都有可能吃到。——但这也是小时候的事了。

儿时大家对吃都有着高度热情和创新精神。有炒花生的时候小孩儿们会炮制属于自己的特供零食。去小店买一毛钱的葵花籽，剥出一小把瓜子仁来，再剥出几颗炒花生仁，找一张干净的白纸，把花生仁跟瓜子仁混放在白纸上，对折一下，用半边白纸遮上。然后去厨房拿出擀面杖，用力擀下去，几个来回后，纸面上沁出小小的油迹，瓜子仁和花生仁都被擀碎，这时就将这把碎果仁一口塞进嘴里去，花生仁的脆香与瓜子仁的绵香，花生仁略大而硬，瓜子仁细碎而软，在嘴里混合出不同的层次，有吃跳跳糖的惊喜。

花生最奢侈的做法当然是油炸。油炸花生米，我记得最清楚的是一位故人所做的。第一次做的时候，他让我在旁边看。热锅，下半锅油，在火上烧，还看不见油热，他就把花生米放进去，且问我："你知道炸花生米的秘诀是什么吗？""火候。"我说。"那什么时候起锅合适？""眼看花生仁要变色的时候。"他微妙地看了我一眼，就把花生仁出锅了。放到白瓷盘里，撒上盐，并不搅拌，凉了以后果然又脆又香。我拿这盘花生米当饭，吃了两天，直到它在南国潮湿的天气里变得有点疲软。然而我不太在乎，反正他第二天又炸了。其实我从未炸过花生米，也不知道什么时候花生仁会变色，只是凭借小聪明回答了这个问题。这样的花生米，我也就吃过那么三四回。

比油炸花生米更奢侈的，是妈妈做的糖裹油炸花生米。有那么两三年，妈妈热衷于做这个高热量食物，但我始终没有很用心地看过，也有可能是看过而忘记了，所以我现在记不清，究竟是先用白糖熬出糖稀，还是在油里下了花生米后，再下白糖。反正成品是炸熟的花生米外裹着一层糖壳，吃起来又脆又甜。我不是非常喜欢甜味，所以并不特别爱吃，但我的初中同学和高中同学，颇有几个对此印象深刻，就连堂妹至今都还记得。我决定明天打电话问问妈妈怎么做。

我们村的田地

我们村的田地分布在北、东、南三个方向，平时也就称呼为北地、东地、南地。北地在村庄的正北方，水利工程修建得最完备，土质也最好，基本都用来种小麦，其中又有一小块地，分给各家做菜园。东地已经出了村，在村级公路的南侧，其实土质也不错，原先也是种小麦。后来人口增多，渐渐都盖成了房子。南地位于村庄东南，在狼冲岗上，因为稍微干旱一些，多用于种红薯和玉米。

很早之前，村人只能靠地里出产的作物来生活时，除小麦、玉米、红薯外，也还种过其他一些作物：旱稻、高粱、油菜、棉花、芝麻、大豆……这些都是非常普通的植物，长在田野里，却有着不那么普通的美。

春天油菜花开了，从田边起，就翻滚着黄灿灿的花潮。油菜花的黄跟麦浪的黄不一样，它特别明亮，特别轻盈，是一朵巨大的亮黄色的云，不知为何停在了地上，可以随时飞走。油菜花的后面是一大片一大片的返青麦田。喝饱了春水的麦苗墨绿，风吹来时顺滑地起伏波动，为油菜花隆重的香气让路。

粉白的菜粉蝶飞得并不太伶俐，只是纤纤袅袅，娉娉婷婷，不慌不忙地在黄色的花海中起起落落。另一种常见的灰色蝴蝶比菜粉蝶小一半，翅膀上一层隐约的蓝光闪闪烁烁，它比菜粉蝶机灵得多，几乎抓不住。相较而言，菜粉蝶像是蝴蝶中的闺秀，而它则是俏皮的红娘了。

我们从田间走过，随手折一枝油菜花，大人看见了会随口训斥两句，但也并不当真。第二天洗干净一个墨水瓶灌上清水，带一枝春天上学去。

油菜花凋谢、结荚、成熟、收获，麦苗则飞快地长起来。麦子的花微小，麦穗上像是挂了一粒粒黄白粉屑。拔高了的麦苗不再嫩绿，而是青白色。麦穗结构复杂，光影也因此细碎。麦子成熟时，田野一片焦黄泛着白光，风过时半干燥的麦秆微微摩擦，发出轻微的金属之声。

夏日，蝉隐于高树之上长嘶。从树下走过，偶尔会有细小水滴落在脸上，那是淋上了蝉尿。不知名的虫子坠着一条晶亮细丝在半空悠荡，不知何时虫子不见了，唯剩丝线随着空气颤袅。初生泡桐树干仅有小指粗，叶子却有蒲扇那么大，孩子掰下一片挡在头顶做伞，满头都是清苦植物气，很快厌了，随手扔在路边。

大雨是不均匀的。或者是因为有风，灰白的雨雾一团团，不仅直落，还会横冲。雷声轰隆，一阵阵从远处滚过屋顶。雨住后，若有槐树折断，大人孩子都会传说："昨天老天爷抓妖精了，那棵树里原本藏了蛇精，被龙一个霹雳抓走了！"彩虹并不常见，也可能是因为我那时候不太认识彩虹。堂祖母称彩虹为"虹（音匠）"，是正统的古音。

红薯在夏天长得飞快。藤子抓住湿润的土地，生出洁白微红的不定根。有的还开出一朵淡白的小花来，娇柔无限。然而这蓬勃的生命力是异端。孩子们持一根短竹棍，把红薯藤统一向左挑去，扯断不定根。过几天，再统一挑到右边。

坐在南地树荫下远望，看见水汽从大地之中蒸腾而出，透明气流搅乱空气，景物发生细微的扭曲。

南地水渠里的水被晒了半天，男孩们都跳下去洗澡。女生们只能看看而已。

北地九队某一家，有一处小小的水塘，种了荷花，粉色的，白色的，一朵朵。不敢去要，某日看见堂姐用玻璃瓶养了一枝花苞，是那家跟她年龄相当的女孩送的。

水渠里游动着一群群的蝌蚪，比鱼好捉。

傍晚时蜻蜓成阵，忽聚忽散，如机群悬浮于人头之上。蝙蝠飞得很高，燕子飞得很低。

秋来玉米成熟，被砍倒的玉米秆暂时摊在地里。翻动一下，会蹦出许多黑蛐蛐。我家的黄狗跟着，一口一个吞了十几只。我和弟弟用狗尾巴草穿了两串蛐蛐带回家去喂鸡，顺便再扔给狗一只，它却不吃了。

去东地收红薯，结束时已是傍晚。我从路边揪了一丛黄色的野菊花，摇摇摆摆往回走，一只黄蝴蝶悄悄落到花上。我屏住呼吸，不信自己能抓住它，然而左手轻轻笼上去，再张开一道缝——它就在手心。

大豆也在秋天成熟。完全成熟之前，每天可以拔两棵回家去煮毛豆。清水煮了就香，甚至不必放盐。豆子不能等到完全熟透才割，不然一碰豆荚就会炸开。割豆子时，豆地里爬出许多指头粗细、尾部有突刺的碧绿虫子，弓起身子蠕动着爬行。我老家取其蠕动的姿态唤之为“丈咕虫”，多年以后听说江苏连云港人叫它豆丹，他们会把豆丹先浸入水中溺死，之后取擀面杖将肉从皮中擀脱，收拾干净后烫煮，与白菜或丝瓜同烧，据说味道奇佳，价格也奇高。我幼时胆大包天，什么虫子都不怕，却死也不敢碰这丈咕虫。

秋深之后，随便蹚过草丛，蚂蚱、蝈蝈都会扑棱棱飞出一群。它们每次大概飞出两三米就停下，似乎等人去捉，你到了身旁，它们又弹起有力的后腿，展开翅膀，刺棱一下又飞两三米。但那时我们身体轻捷，捉它们并不是难事。蚂蚱有两种，一种是灰褐色的，一种是碧绿的。大多不过寸许。有长到食指长的，就又得了新的名字“扁丹”。蚂蚱其实是很漂亮的昆虫，尤其是碧绿的那种，它们往往有着柔嫩透明的粉色翅膀，比蝉翼更为美丽。蝈蝈较蚂蚱罕见，也更难捉。男生们有时会专门去找，抓来养着听叫声。

本地野花样式朴素，很少有红色花朵。最早开的是荠菜花，极小极细碎的白花，开完了结出两列交错的心形果荚。家乡无人吃荠菜，只当是野草，它得以逃脱被采挖的噩运。紧接着就是紫花地丁，那是我少年时代最喜欢的野花了，花朵精致，颜色也浓艳。然后是婆婆纳、蓟草、繁缕、麦瓶草、飞廉、醴肠、鸦葱，最多的就是各种菊科野花，黄色的蒲公英、苦荬菜、野菊花、旋覆花，各色山马兰：洁白的、粉红的、淡紫的、浅蓝的，在乡间小道两侧簇拥如繁星。它们可以从春天一直开到深秋，花谢后继之以飞絮。罕见的红色系野花里，最常见的是打碗花，儿时我常怀着忧惧之心，一边担心碰了它就会打破家里的碗挨骂，一边扯了它的藤蔓来做花环。

还有一种植物更为微小，也只有孩子的视角可见——苔藓。我观察过水渠底部的苔藓，惊讶地发现如此细小的植物居然也分化出了不同的结构，还会结出鲜红的果实（后来知道那叫孢子）。

冬天的田野并不十分萧瑟。树木们固然都脱尽了叶子，麦苗却还青着。偶尔下一场雪，遍野洁白，安静极了。这个时候，你下地去走走，用脚随便踢开树根下的积雪，就会发现荠菜已经准备好了三四片嫩绿。

下一个轮回，就在这里，等待着展开。

在人世间生活得越久，我就越喜欢树

在人世间生活得越久，我就越喜欢树。

春来白杨树先吐出满树胶金色的芽苞，接着挂出无数条深褐穗子——落地上乍一看吓人一跳，太像毛毛虫了！之后长出嫩叶来，很快就成为蓊蓊郁郁的一大棵，风雨走过树巅，它就喧哗起来。《红楼梦》里，麝月说她最嫌的就是杨树，叶子不多，有一点风就哗啦哗啦乱响，是种没品的树。可我是喜欢的，只要一点点的风，杨树就会奏出涛声来听，那是规模适中的潮汐，打发得耳朵很舒服——细细的微风吹来时，往往使人有落雨的错觉。风雨时，白杨深绿而近乎蓝的正面翻转过去，露出银白色的叶背。

春夏之交，起早骑车去学校早读。轻薄白雾缠在杨树树冠的半腰，是要亲眼见过，才知道雾气并不均匀，而是疏疏密密，蜿蜒流动的。近处明绿轻白，远处雾气绰约，平凡的中原景象突然生动了几分。

绿杨的叶子两面都是嫩绿色，薄而光滑。某日傍晚放学回家，斜阳落在绿杨叶子上，金闪闪晃到眼睛里来，无端觉得，我正走在幸福本身之中。

深秋到来，杨树的叶子黄得十分明亮。它们常常从树冠底部开始飘落，一层一层，如一个人先从下衣开始褪尽华裳。很少有哪棵杨树会完全赤裸地站在风中，总会有几片叶子历经冬日也不飘零。失去了叶子遮挡，杨树银白的枝干在冬季极为疏朗明亮。这真是一种响亮的树。

泡桐树，春末大大咧咧地开了满树粉白或粉紫的花，把整个村庄都荫庇其中。晚上八点，夜静之后，走在道路上，觉得是走在香气的河流之中，这河流温暖平缓，可以把人深深埋葬。开完了花，它才抽出叶子来。

洋槐树的椭圆形薄叶子可以摘一片对折后噙在嘴边当哨子吹，白色花如珍珠串，有着小家碧玉的矜持风姿。它的香气清新微凉，是山泉水。村人折它来生吃、蒸熟、炒蛋，没有被折的，几天后落花成霰，树下人拂了一身还满。

苦楝树是农村人的丁香。细碎紫花，浓郁芬芳，花落后结

出比黄豆稍大的绿色果子。果子冬天变黄变软，若有人生了冻疮，就挤出果浆涂在患处，说是有效。

香椿树每三五家就有一棵。春天跟全国人民一样掰香椿芽，但并不讲究吃香椿炒蛋，而是直接用盐腌上当咸菜吃。我颇嫌它粗而过咸，不怎么爱吃。今年春天却念叨了几次，转而觉得它野得有味。

榆树不外乎是吃榆钱。蒸榆钱家家会做，没什么稀奇。我母亲煮面条起锅时，天女散花般撒一大把榆钱在上面。父亲嗔她胡做，我却喜欢那娇嫩微甜的清香。榆树树干深黑，皱纹深重，很可以入画。

我家老院子里种的全是泡桐树。厨房旁的两棵常成为我从房顶滑下的滑梯，院子当中的一棵罩着小饭桌，我们在桌子上吃过烧泥鳅。挨着水井的一棵，夏天时绑上装了一斤黄豆的编织袋，一天泼上四五次水，两天后就发出满满一包豆芽。靠着院墙的两棵，树干之间用竹枝支好架子，爬了两棵瓠子。它们开洁白的大花，秋天结了好几只大瓠子，晾干后成为水瓢。院门口的那几棵，雨后偶尔生出蘑菇来。母亲把蘑菇放到一张泡桐叶子上，撒一点盐包好，埋进挖好的土坑，再用泡桐叶子点一堆火。那是我和弟弟第一次吃烤蘑菇，也是我唯一一次吃到那样的烤蘑菇。

后来，我们家搬进了新院子。我从高中学校回家过周末，父亲正打算把院子全部硬化，只留两个一尺见方的坑给母亲种无花果，另外留一个一尺宽一米五长的花池。我让他留下所有土地，只用水泥铺三四条小路防止雨天路滑就行。可是，三周后，我再也不可能拥有一棵属于自己的泡桐树了。

再后来，我离开家乡，走进城市。城市有许多许多树，一种比另一种更美。我依然对它们满怀爱慕之心。在郑州工作的时候，我甚至知道花园路上最美的悬铃木就是中环百货门口的那棵。

只是，所有这些美丽的树，都不再跟我有关。

食物是最深的乡愁

最热爱河南的著名作家闫红女士是安徽人。有一天她在朋友圈提起河南菜，说：“我吃过的河南菜给我一种自家大嫂的感觉，热情、实在、家常，不讲究外形。混沌成一团的烩面还算好的，在洛阳看到的一种淡绿色面汤，干脆有一种呕吐物的感觉——请河南的朋友一定要原谅我，我猜这一定是一种有趣的反差，就像湖南臭豆腐，就像你遇到一个人，看外形一塌糊涂，了解其实质才觉灿若云霞，倒是广东菜虽然色香味俱全，但是太完美太理所当然，反而有一种难以亲近的距离感。”我乐不可支，马上回复：“那是浆面条，酸香可口，开胃又容易消化。”

我的同学慧慧是河南三门峡人，前几年嫁去了厦门。一开始她沉浸在可以吃到最新鲜海鲜的幸福之中，后来因为那边口味过于清淡而开始忧愁，直到今年，她对我说：“我已经变成了一个口味不南不北不中的中国人，厦门的饭嫌淡，河南的饭又嫌口味重。”而我呢，一个搞定全国各地食谱都不在话下、唯一惧怕鱼腥草的人，一旦回到河南，就会深深意识到，我的胃的真正归属地，还是这里呀。

诚如闫红所说，河南菜家常得很，远远谈不上色香味俱全。一位跟河南人结了婚、在河南定居了五六年的湖北朋友说：“你们河南菜就是乱炖！不分主次搭配，什么菜都可以呼呼啦啦倒在一起做成一团。”这也有道理，只是河南的做法不是乱炖，而是乱烩。二十世纪八九十年代，尤其是在农村，走庙会、过年待客都没有什么好吃的，大多数人家会把鸡肉丸子、海带、油豆腐、粉条、焖子丢进一个大锅烩熟，出锅前撒一把菠菜，宾客们一人盛一大碗，就着馒头或烙馍吃掉。我儿时颇觉这吃法简陋，又嫌吃得絮烦，并不喜欢。现在家家过年过节都摆上几冷几热几荤几素，倒又让我怀念起当年的味道了。

因为没什么足以支撑局面的大菜，河南菜压根就没排进八大菜系里。我省厨师们奋发自强整了个“豫菜”菜系，努力想要挤上台面去，始终也还是“自嗨”居多。豫菜用料平常，风味中庸平淡，确实不如著名的八大菜系那么有味觉记忆点。豫菜的主要特点，正与它的地理位置相符：中与和。“中”，指豫菜不东、不西、不南、不北，而居东西南北之中；不偏甜、不偏咸、不偏辣、不偏酸，而于甜咸酸辣之间求其中、求其平、求其淡。用料朴实无华，肉无非猪羊鸡（鸭鹅唯偏南的信阳多用一些）以及下水，蔬菜常用白菜萝卜菠菜豆芽（后来随着时代进步也出现了茼蒿、莜麦菜等新菜），主食是各种面条、饼，实在没有什么好吹嘘的资本啊。

然而，回到河南，吃一碗最简单的鸡蛋炝锅面，我才发现，原来常年在北京的我，胃里是有褶皱的，是纠成一团的。这褶皱，被一碗面熨平了。所谓炝锅面，就是下面之前先炒菜来炝一下锅。番茄鸡蛋炒好直接加冷水煮开，再放面条煮熟。这样菜的味道会煮进面条里去，汤也好喝。连汤带水一碗面下去，整个人就活过来了。

河南的很多饭食，只有河南人才会觉得美味，比如河南版的麻辣烫。提起麻辣烫，绝大多数人想到的都是如今风靡全国的川式串串麻辣烫。河南的麻辣烫，其实更接近于麻辣粉。骨汤打底，几块鸡肉、几根粉条、几丝海带、几条千张丝、几片蘑菇、几片青菜（菠菜、生菜、莜麦菜随机），临出锅撒点香菜碎，就齐活了。说辣不辣，说麻也只稍微有点麻，不知为什么还是很好吃。

说起来，豫菜跟粉条、海带、千张的关系特别深，它们几乎是万能地出现在各式饭食里。烩面里有，拌面里有，砂锅里有，烩菜里还有，甚至胡辣汤里都有！粉条应用广泛倒容易理解，红薯原是河南很重要的农作物，红薯淀粉最容易制成的食物就是粉条，我老家还是河南最出名的红薯粉条出产地（顺便一提，我吃过的各地粉条，没有比我老家的更好吃的）。千张也容易理解，毕竟豆制品是中华民族之魂（的一部分）。作为内陆菜系，豫菜中广泛出现的海带是怎么一回事，我就一直没想通，只能推测，海带易得又易运输，价廉而味美，营养价值也高，于是迅速被河南人接纳为常规食物中的一员。

至于河南人最拿手的面食，跟山西人一样，河南最好吃的面食隐藏于民间，不登大雅之堂。即使有些饭店做了出来，味道也跟家里做的有差别。蒸卤面、焖面、炝锅面、糊汤面、葱花面、面疙瘩、韭菜疙瘩、蒜面条、拌面、酸汤面叶……随季节不同，出现在锅里的面食会更换品种，但以上几样已差不多包括了餐桌上的常见品种。炒面、烩面、炒烩面，更经常出现在饭店里。

另外就是各种饼。烙馍、蒸馍、烧饼、火烧、蒸包子、蒸糖角、炸油馍、炸麻叶、炸馓子、焙芝麻干馍……应时应节，各有用处。日常吃得最多的是蒸馍——也就是蒸馒头和烙馍。蒸馒头没什么好说的，以前都各家自己蒸，现在都吃外面卖的机制馍。烙馍这个东西，知道的人却不多。是直接用擀面杖把死面面团擀成一张薄面饼，在一种中间凸起的铁质“鏊子”上焙熟的面饼。吃时卷上炒菜——以汤水少的黄豆芽等为佳，如烤鸭卷饼一样卷成一个卷，就大口咬下去吃掉。在河南，这么吃的地方也不多，主要集中在以郑州为中心的豫中一带，全国范围内就更少了。后来，我发现江苏徐州也有这种吃法。徐州还有跟河南非常像的蜜三刀等蜜饯。为什么这两个地方的饮食风俗有一种跳跃式的相似，我也并不知道。

妈妈爱吃的饭菜

前年冬天，一位四川好友说，今年她母亲可以代为制作腊肉腊肠等物，有需要的告诉她数目，届时钱货两讫即可。我们豫中一向没有这样的食物，因此我订了几百块钱的东西给父母尝鲜，十二月份全都得了，直接由她那边寄回给父母。前几天给家里电话，说是都收到了，但母亲舍不得吃，非要留着等过年我和弟弟到家后才一起吃。我反复跟她说明，我在外一直吃得很好，弟弟曾做厨师，更不缺嘴，她可以先吃着，最后留一点给我们。母亲却难受说：去年你回来，说喜欢吃家里的土豆，我没让你吃多少，你走后我一直心里不舒服。昨天早上我已经买了十斤在家里，等你回来就可以吃了。你想让我和你爸吃新鲜的，我们又怎么能吃得下独食？

挂了电话，想起母亲毕生爱吃的东西，没有一样口味高贵的。这也本应如此，我们不过是极其平凡甚至贫寒的农村人家，豫中平原的烹饪作风也不甚繁复，不过是应时随手而得的家常饭菜。但从前几天起，就想把她喜欢吃的东西记录下来，也并没有什么特别的原因。

豫中以面食为主，日常吃饭规矩是早晚饭都很随便，中午郑重些，但也郑重不到哪儿去，无非就是主要把肉食等东西放在午饭来吃。早晚饭多是稀的：面粉煮的稀饭，玉米糁煮的“糊涂（玉米粥）”，而用白米煮的“米汤”则是罕物，一年中登场的次数可以数得出来。与稀饭相比，大多数乡民最爱的还是“糊涂”。抓一两把玉米糁下锅搅匀，大火咕嘟咕嘟滚到闻见香味，粥色金黄，便端起来。“糊涂”过不了两分钟就会在碗面上结一层软膜，像牛奶表层的奶膜一样，正好承着上面的一撮咸菜丝。过去老人们讲究沿着碗边转着圈“哧溜哧溜”把粥啜完（好处是不会被烫着），最后再拿一块馍把碗底擦净，这个碗几乎都不用再洗了。

母亲爱吃的是“糊涂”的进阶版，她称之为“菜汤”。锅里放上凉水，洗好一把黄豆丢进去一起煮，水开后不立刻下玉米糁，多咕嘟一会儿，待黄豆差不多煮熟了，下玉米糁。大火滚着，洗一把粉条丢进去，粉条也熟了，马上要起锅时，下一把菠菜，放盐，搅和一下立刻端起来。菜汤咸香为主，吃起来有黄豆可咀嚼，有粉条可吸溜，有菠菜可清口，嘴巴确实比“糊涂”忙碌多了。

这个还有个米汤的进阶版，母亲称之为“鱼钻沙”。我们老家不产米，通常一年也就买个一二十斤作为日常调剂，除了蒸来吃米饭，还会煮米汤做“糊涂”的替代品。吾乡做米汤的要点也是“稀”，一锅水不过用个一两把米。但米汤也有两种做法，一种只有米和水，煮熟了除了表面薄薄的一层米油，米是米水是水，清爽得很。另一种是将要起锅时，勾入面粉做的稀糊，成品便米面交融，稠了许多。我所爱的却是前者，于是我家出现的也多是前者。早餐的米汤吃不完时，晚上母亲便把剩菜——多是白菜——倒进去继续煮，煮开后继续放一把粉条。粉条自然就是鱼，米粒也就是沙了，这样的饭，蔬菜借了米的清气，米又偷得了菜的咸味和油香，在嘴里稀里哗啦一通乱钻，吃起来也很有趣。

两个吃食中都出现了同一种食材——粉条，由此可见，我母亲的心头好之一，就是粉条。我老家是河南著名的粉条产区，在郑州都颇有知名度。我不太爱吃这东西，从未看重过它，但离家十几年中，不论在外吃“蚂蚁上树”还是喝“淮南牛肉汤”，都能发现其中的粉条与我家粉条相差甚远。这才知道名产毕竟有名产的道理。

母亲不仅爱吃粉条，也爱吃跟粉条相关的一切产物。另外一个消暑佳品，更是易得：蒜菜。蒜菜的蒜字，指的是大量蒜泥。

做蒜菜的材料通常极其简单，红萝卜和粉条，如果有蒜苗更好。红萝卜切成细丝，蒜苗切段，过水焯熟，用凉水镇着。粉条下水焯熟，凉水镇着。等这几位都透心凉了，小盆拿来，几样混到一起，下大勺蒜泥（含盐），下香油、醋、青红椒末，搅拌。拌匀就可以开吃。

她的另一个心头好是焖子。原先我以为只有老家才有这种东西，后来发现安阳有皮渣，河北、东北等地也有焖子，制作工艺上各有不同，原料倒是都离不开淀粉或粉条。我家的焖子用红薯淀粉和碎粉条蒸熟而成。碎粉条下锅煮五分钟，煮软了就捞出来泡冷水里镇着，淀粉加水、盐、五香粉等调料搅匀，再切大量葱花，跟粉条和淀粉抓匀，垫几片白菜叶，把这团混合物在白菜叶上摊平为一个厚三至五厘米的圆形饼状物，就可大火蒸之。三四十分钟后，即可得到一块冒着腾腾白气的圆饼。母亲常于此时麻利地切出一碗薄片，调上蒜汁就大快朵颐。焖子可烧可炒，可炖可调。此物喜油，与五花肉同烧十分相宜，成品油光闪亮，香软弹牙，是谓“软烧”。弟弟开饭店时，曾用大葱白做过一道“干烧焖子”，成品外脆里软，葱香与孜然香扑鼻。母亲未能尝到，不然想必也是喜欢的。

妈妈的腊八饭

在我老家是不吃腊八粥的，我们吃腊八米饭。

腊八米饭里有青豆、黄豆、花生米、核桃仁、红枣、柿饼，蒸出来热气腾腾、香甜香甜的。照例，还要炒上一锅好菜——小时候我们农村炒菜是不论盘的，都是炒上半锅一锅的，吃时往碗里夹上几筷子——所谓好菜也不过是白菜炒肉丝这类，有肉吃就不错了。

于是，腊八的早上，我们把甜的咸的荤的素的掺和到一起，热热乎乎吃饱了，高高兴兴上学去了。

腊八米饭必须多做，不能一顿吃完，要留上一两碗。冬天冷，也放不坏，每天要在新做的饭里掺上点腊八饭，一直吃到过年。为什么这么做，我忘记了，大约还是祈求来年生活丰足的意思。

要吃腊八米饭，腊月初七就得开始准备原料。正好我们村逢单日有集市，入了腊月更是单双日都不分，天天有集，买东西很方便。从初七开始，核桃呀，柿饼呀，红枣呀就会偷偷跑到家里来，引逗我和弟弟的馋虫。妈妈不会让我和弟弟放开肚皮吃，每样东西不过捏给我们一个两个，说是解馋，其实是“引馋”！吃完再想要，妈妈就不给了，说吃完了没法做饭了。

她把它们都藏起来，我和弟弟就去偷。我们熟知妈妈藏零食的地点，无非是：衣柜最高层、屋子里的挂钩上、碗柜最高层、电视柜最底层……偶尔她藏得特别隐蔽点，我找找，找不到就算了。弟弟比我有耐心，我老说他长了小狗鼻子，不管妈妈把东西藏在哪儿，他都能挖出来。通常我还得端着做姐姐的架子，威胁他说不能偷吃，不然我去告诉妈妈，于是他就热切地邀请我做同谋，而我的清高在他的“赃物”面前常常哗然崩溃。

那时候我不喜欢吃核桃，觉得太苦，但是我喜欢把核桃夹在门缝后，轻轻挤破，然后掰开外壳，尽量完整地拿出核桃肉来。这是个手工活，有点意思。我喜欢听那“咔”的一声。我喜欢吃柿饼，柿饼的白霜很漂亮，咬开后果肉是金黄的胶质，看上去漂亮，味道更是清甜清甜。可是，一旦把柿饼掺在米饭里蒸熟了再吃，韵味全无！甜倒还是甜的，那股凉劲儿下去了，反添了涩，真是失败的一个例子。

不管怎么说，我小时候一直都很期待过腊八，觉得那已经是丰盛得不得了的日子。

上了初中以后，我们要住校，还得在学校吃食堂。我现在还记得，初中一年级，我们学校食堂也过腊八了。那天早上做的是白米饭，炒的是大白菜。学生去买饭时要排队（平时都是乱挤的）。

我没有去排队，因为刚下早自习，我堂妹就从隔壁班过来，要帮我去买。十几分钟后，她就买回来了。我们俩坐在班里，刚吃了两口，有人在门口叫我，抬头一看，是妈妈。

妈妈用一个专门买的“饭桶”，装了满满一桶腊八米饭和炒的肉菜，送来给我吃。

于是，那天妹妹和我一起，还是吃到了丰盛的腊八米饭。

我还记得妈妈买的那个饭桶：中等大小，塑料的，白色的桶体，红色的桶盖。那一年，妈妈除了送过一次腊八米饭，还送过好多次我认为她做的举世无双的“胡辣汤”——汤里有她亲手洗了炒了的面筋、金针菜、炒肉丁、鸡蛋丝……连一向不爱喝这种汤汤水水（因为不是硬实饭）的爸爸，也承认妈妈做的这道汤确实好。

到了我上初二时，因为精神分裂，已渐渐不在形式上那么关爱孩子的妈妈，有一天忽然又送了胡辣汤给我。那道汤她做得已经没有当初好喝。我和一个朋友分享了那份汤。过了十二年，她再见我时，竟然又提起了这件事，说：你妈妈做的汤真好喝，你妈妈真疼你。

端午

故乡食物简朴，端午节的粽子也不过放一颗红枣或几粒花生。日常偶尔吃白米粽子。粽叶包得小巧，拆开后只有草叶与糯米的清香。高中时校门口有卖的，好像是三毛钱一个五毛钱两个。摊贩熟练地剥开粽子置于一小碟上，浇上一点白糖水或酒酿水，或者另设一小碟浅浅地铺层白糖，我们便立于摊前蘸着白糖吃完。

即便是这样简单的白米粽，高中前也没有吃过几次。端午将近时，集市上终于有了粽子卖，就去磨母亲买。她永远只有一句话："剩米饭有什么好吃的！"她给做的，只有白煮蛋和白煮新蒜。

一早起床，客厅便有一只大盆。里面泡了十来个白煮蛋。新蒜也是一整头一整头地煮出来。我当年不喜白煮蛋，白煮新蒜更近乎滑稽。现在想来，传说蒜是败毒之物，应的还是"端午是毒日"这个说法吧。

在更深远的故日，我十二三岁之前，端午前一日须下地去折艾草。艾草易得，田间地头常常矮矮地成簇苍绿着，发出一种芳烈之气。折回家，亦不过如清明节的柳枝一样，简单粗暴地插于门楣之上。过了十天半月，被遗忘的艾枝还在那里，只是焦脆了。

故乡无大河，不赛龙舟，亦不斗蛋，而是编五彩绳，绣香包。五彩绳只要选五种不同色彩的线编好就行。说是系在腕上够多少天后解下，择一水沟抛下，彩绳会化蛇游走。儿时曾颇殷切等这奇迹实现，却总未戴够天数就把绳子解了。香包是大姐姐们绣的爱物，说里面用的香料是地里挖出的莎草根晒的。然而我没有舍得拆开看过，也没有做过，只见过集市上一串串在卖，五彩斑斓，却也土土俗俗。

我对端午节的情结并不在思乡，也不在民俗，而是某位少年，他正好生在端午节。后来一别十七年，每至今日，总记得向他遥道一声“生日快乐”。尘世浩荡，命运微茫。当年相逢得漫不经心，挥别得理直气壮，后来才知道岁月迢递，时不再来。“在绿树白花的篱前，曾那样轻易地挥手道别”，多年之后，才发现因某人缺席造成的那个空缺，永远不可弥补。

吃过了南方北方的肉粽蜜枣粽，尝尽了东方西方的刺身和牛排，舌头才真正爱上白米粽和白煮蛋，玉米粥和青椒炒西瓜酱。

跋：时间广大，但我们要在此时此地相爱

我始终不理解生命

大概七八岁时，我对一件事产生了极大的困惑。

“我”是谁？

“我”的定义究竟是什么？

这个身体是“我”吗？如果是，它一直在生长，究竟现在这具小小的身体是我，还是长大后的身体是我？

这个“灵魂”是我吗？如果是，它是用什么方式跟肉体结合在一起的？为什么找不到它跟肉体结合的地方？

“我”必须是父亲和母亲的孩子吗？我必须在这个时间出生到这个世界吗？如果我晚些出生，我会是自己的弟弟吗？

死亡到底是怎么回事？

……

放到现在，这些问题也是人类世界的天问。而七八岁的孩子天天琢磨这个，只能把自己搞得神经兮兮，根本琢磨不出什么来。

我的堂奶奶住在我家隔壁，她的小屋陈设很简单，一柜一床，床头一箱而已。床头柜上方墙壁上，挂着一幅粗棉白布，上面有毛笔写的蝇头小楷，画出枝丫似的谱系图。刚认识几个字的我趴在上面细细辨认：师青、师春……师振元、师振有……

“奶奶，师春是谁？”

“你太爷。”

“师振元呢？”

“你亲爷爷。”

“我怎么没见过他？”

“你咋会见过他？你爸一岁时他就被别人绑票抓走啦！”

我大概就是从这样的对话里，知道了父亲从小父母双亡的事实。而直到现在，我才明白这件事的意义。

失去父母的父亲，亲戚关系简单到近乎无，贫寒彻骨的家族亦少有机会可以互相拉扯，于是他习惯单打独斗，相信个人奋斗的力量，因超越过困境故而蔑视它——这也是今日我之性格由来。

一代亲人的境遇，是投入时空之中的石块，余波震荡三代犹未止息。而他们境遇的根源，又与他们栖居的土地紧密相连。

是什么样的时代，才会有什么样的人生。有什么样的人生，才会有什么样的后人。故土与童年里，藏着你生而为人的一切秘密。

所以我在此时，述写我的故土和亲人。

我从未理解死亡

在《哈利·波特》里，J.K.罗琳创造了一种魔法生物“夜骐”。它们是龙头马身蝙蝠翅翼的飞马，可以成为很好的座驾——但是只有见证过死亡的人，才能看见它们。对其他人而言，它们是隐形的。

初次读到此处，我大大咧咧地说：“那我是看不到喽，因为我没见证过死亡。”

说完这句话，突然想起来，不对，我应该见过堂爷爷的去世。

堂爷爷，就是堂奶奶的丈夫，我父亲的叔叔，我爷爷的亲弟弟。

像被拉开了遮住眼的幕布一样，我发现自己站在堂爷爷家的客厅里。他已经被移到了一张木头的小床上，而我还没有床帮高，身边站着跟我个子差不多高的堂弟——他是爷爷最疼的孙子。堂爷爷很瘦了。

我见证了他的死亡吗？

我不记得了。

关于他的另一些记忆，是他从自己弹棉花的小屋里出来，走进明亮的阳光里。我站在他膝下，而堂弟伸手向他要一角钱——我没有要，我知道，我不可以向他要钱。

之后，堂爷爷就消隐于岁月中，像从未存在过一样，也像从未消失过一样。

后来，又有好几位亲人从我的人生中消失。

三奶奶。三奶奶是我本家稍远支系的堂奶奶。她家门口种了一棵枣树，秋天时结满鸡蛋大却不甜也不清脆的大青枣。我常常在她家门口的斜坡上“滑滑梯”，还被她家的小狗咬过一口。她看到我总是很亲热，但我不知道她在哪年离去。

姥娘。在去世之前，因为骨质增生姥娘已经卧床了好几年。我不是跟她最亲近的后辈，她离世那天，外地的我毫无感应。

堂奶奶。堂奶奶先是因为白内障，视力退化，后来从楼梯上摔下来摔断了胯骨。她离开时我也不在家，甚至不太清楚她和我姥娘谁先去世。

九叔。九叔是我父亲那辈最小的男丁，才五十出头，却于去年春夏之交查出癌症晚期，春节前匆匆离开。我参加了他的葬礼。那天天空飞着零星的雪花，非常冷。我目睹他的棺材沉入地穴，却毫无真实之感。

直到现在，提起他们，我想到的仍然是三奶奶塞到我手里的糖果，姥娘厚厚的如鸟爪般微微弯曲的指甲，堂奶奶在青石臼里捣出的蒜汁，九叔春节时走在国乐队中碰击铜镲时的样子。

他们没有离去。他们依然活在我的记忆里，只是关于他们的影像不再更新了而已。

我从未理解死亡。我从未理解这种一去不复返的离去。

所以哪怕只是片段，我也想写下这普通得不能更普通的人，曾经跟我亲密乃至流着一些相同血液的人们。

时间广大，但我们要在此时此地相爱

我的父母已经老了。

七八岁时，父母已经基本不会再抱我了，可我仍旧依恋他们的怀抱。

为了让他们抱我，夏天的夜晚我会故意装着在庭院里乘凉睡着了，他们喊几声看没有回应，就过来把我抱到床上去。

父亲身上有好闻的木料味，母亲身体柔软。

十四岁我上初二，晚上经常跟堂妹一起骑车或走路回家。某天刚出校门，碰见了父亲——他跟别人一起载一车木料到“锯上”去。父亲唤我和堂妹坐到车厢里——那种老式的拖拉机，车厢是敞口的。开了不远，他们停下来到路边小店吃面。父亲伸出双手架在我腋下，把我从车厢里抱下来——那一刻，我明显感觉到他有点吃力。

现在，父亲患上肺气肿好几年，早已不能做任何事。状态好的时候，也不过勉强能扫扫庭院而已。

十岁以前，母亲经常牵住我的手，把我从街上牵回家去。

不知道为什么，牵我手的时候，她喜欢用指甲顶进我的指甲缝里。非常难受，我很讨厌，但是她永远不改。

永远不改的不只是这个，还有许多：做我不喜欢而她自己喜欢吃的饭菜，训斥我吹口哨不像个女孩子，拿我跟村里勤快的女孩相比……

同时她笑着跟家里养的猪和鸡聊天，跟她的妯娌们开玩笑，为我做裙子，绣花，夏天的夜晚坐在滚烫的平房屋顶，为我唱一首过去的歌。

现在，从十六年反复的精神分裂症中恢复过来，她又得了糖尿病，还隐隐有高血脂的风险。她常常为自己吃药花钱有太多担心，却又对我和弟弟究竟处于什么状态毫不理解。

我的母亲，终其一生从未明白过，自己的丈夫和子女都是什么人；也从未明白过，她自己究竟是一个怎样的人。

这又有什么关系呢？

总有一天，我们会像那些消失了的亲友一样，会像一场人梦一样，消失于广阔无边的时间之中。

那时，或许跟今天一样，我们依旧不知道生命自何而来，向何而去，不知道这一场复杂又简单的梦的表演，究竟有何意义。

但，就在此时此地，我们要彼此相爱。

爱是可以超越理解的东西，也是可以超越死亡的东西。

一生所求，说是要避开情绪，但最终会发现，在万事万物之前，你的心动、犹疑、痛楚、珍惜、爱，才是本质。而其中唯有爱能令人幸福。

这大概才是我最终要把握的吧。

图书在版编目（CIP）数据

度光阴的人 / 苏辛著. -- 南京：江苏凤凰文艺出版社, 2020.7
ISBN 978-7-5594-4171-3

Ⅰ. ①度… Ⅱ. ①苏… Ⅲ. ①散文集－中国－当代
Ⅳ. ①I267

中国版本图书馆CIP数据核字(2019)第241232号

度光阴的人

苏辛 著

责任编辑 李龙姣
策划编辑 刘 平
装帧设计 lemon
出版发行 江苏凤凰文艺出版社
南京市中央路 165 号，邮编：210009
网 址 http://www.jswenyi.com
发 行 北京时代华语国际传媒股份有限公司 010-83670231
印 刷 北京中科印刷有限公司
开 本 880 毫米 ×1230 毫米 1/32
印 张 8
字 数 145 千字
版 次 2020 年 7 月第 1 版 2020 年 7 月第 1 次印刷
书 号 ISBN 978-7-5594-4171-3
定 价 48.00 元